NON DEVI DIRLO A NESSUNO

RICCARDO GAZZANIGA

NON DEVI DIRLO A NESSUNO

Rizzoli

Questo libro è stato pubblicato per la prima volta nel 2016
da Giulio Einaudi editore.

Pubblicato per

Rizzoli

da Mondadori Libri S.p.A

Pubblicato in accordo con Grandi & Associati, Milano
Prima edizione: settembre 2021

ISBN 978-88-17-15605-9

Impaginazione e redazione: Netphilo Publishing S.r.l.

Blood on blood
One on one
We'd still be standing
When all was said and done
Blood on blood
One on one
And I'll be here for you
'Till Kingdom come.

Bon Jovi, *Blood on Blood*

Ogni giorno muore un giorno
E questo muore senza te
Sulla strada del ritorno
Ma il ritorno ormai non c'è

Umberto Tozzi, *La strada del ritorno*

19 Dic. 2021

Prologo

Domenica 23 luglio 1989 fu un giorno memorabile per lo sport.

Sul campetto in erba vicino alla scuola media cinque ragazzetti del paese sfidavano una compagine di villeggianti: i due fratelli Ferrari di Genova, Alessio Maltagliati di Torino, Christian Wassermann – bomber svizzero con un sinistro magico e un destro vergognoso – e Francesco Farris, che era nato lì, però da padre sardo.

Ma non fu la partita di calcio a entrare nella storia. Forse perché si ripeteva una sera sì e l'altra pure.

Il 23 luglio 1989, in realtà, passò alla storia del ciclismo.

L'americano Greg LeMond vinse il Tour de France con il vantaggio più risicato di sempre sul secondo in classifica, l'idolo nazionale Laurent Fignon: otto secondi. Otto secondi dopo ventuno giorni di gara. Migliaia di chilometri, salite, discese, pioggia e vento per finire divisi da otto secondi. In pratica, cento metri. Assurdo.

In quello stesso luglio del 1989 *Toy Soldiers* di Martika era il singolo più venduto d'America, prima del trionfo di Richard Marx in agosto, *Viva la mamma* di Bennato dominava le classifiche italiane, dove spiccava anche *Vasco*, pezzo sanremese del ventitreenne Jovanotti. I critici musicali dicevano che, nel giro di due anni, i ragazzi si sarebbero scordati pure il nome, di questo Jovanotti.

Nella classifica italiana c'era anche *Like a Prayer* di Madonna: nel video lei cantava in una chiesa davanti a un Cristo di colore. Venticinque anni dopo, sulla Rai, una suora di nome Cristina avrebbe interpretato una cover di Madonna: questo sì che era davvero impensabile, nel 1989.

Il 23 luglio 1989, a Londra, nasceva Daniel Radcliffe, che a nemmeno dieci anni sarebbe diventato un attore di fama mondiale, dando un volto a Harry Potter. Sempre quel giorno Giulio Andreotti ricuciva gli strappi nel Pentapartito e presentava al presidente Cossiga la lista dei ministri per il suo sesto governo.

Ma non uno di questi eventi avrebbe cambiato le vite dei dieci ragazzini che giocavano sul prato accanto alla scuola media e delle due amiche che assistevano alle loro prodezze.

Per tutti loro il mondo finiva oltre il cartello bianco con scritto COMUNE DI LAMON, 600 METRI SUL LIVELLO DEL MARE. Un minuscolo pezzo di Veneto che s'infilava dentro il Trentino come la punta di un chiodo in un muro; tremila anime che abitavano un altopiano tra le province di Belluno e Trento.

La sera di quel 23 luglio, però, accadde il primo di una serie di eventi che avrebbe sconvolto per sempre la storia di Lamon e di quei piccoli calciatori.

1

Luca Ferrari ignorava di essere l'ingranaggio principale dell'oscura macchina che si sarebbe accesa quella sera.

Era troppo impegnato a cercare di vincere la partita, anche a costo di lasciare sguarnita la porta che avrebbe dovuto difendere. Così, palla al piede, partì dalla sua area di rigore.

Dribblò David, che in attacco diventava inarrestabile, ma in difesa era lento per via della pancetta e non si prese neppure la briga di rincorrerlo: sull'orologio del campanile di San Pietro le lancette segnavano già le nove, nel giro di qualche attimo la campana avrebbe suonato e decretato la fine della partita in pareggio.

Luca raggiunse indisturbato il tratto d'erba più spelacchiata, che consideravano il centrocampo. Gli si fece sotto Carlo con i suoi occhiali da secchione: Luca lo scartò con una finta e puntò a destra, dove gli si era spalancata davanti una prateria.

«Palla, amico! Palla!» strillava suo fratello Giorgio, un microbo di dieci anni e un metro e trenta che stava smarcato davanti alla porta. Chiamava Luca "amico" da quando l'aveva sentito fare in una puntata di *MacGyver*. Ma Luca non voleva passarla al fratello, perché lui non avrebbe mai segnato. In porta c'era Samuele, che giocava da titolare nei Giovanissimi della Feltrese ed era così forte che ogni tot minuti doveva cambiare ruolo, per non falsare le partite.

Luca puntò l'immaginaria rete avversaria, uno spazio vuoto dietro due grosse travi di legno abbandonate nell'erba, che fungevano da pali.

Giacomo, un dodicenne che abitava in un casermone in cima a via Ferd, provò a fermarlo con un *tackle* assassino, ma Luca lo saltò con un volo degno di *Holly e Benji*.

Che numero!

Poi abbassò la testa e colpì di collo pieno: dal suo piede il pallone si catapultò dritto sparato verso il palo sinistro, senza sfiorare l'erba. Luca ne osservò la traiettoria e strinse i pugni, preparandosi a esultare per il gol della vittoria. Un gol segnato all'ultimo minuto, a Samuele. Il massimo.

Ma un braccio destro teso gli strozzò in gola l'esultanza. Con un tuffo che avrebbe fatto impallidire sia Benji Price sia Ed Warner – il portiere karateka della Muppet – Samuele intercettò il pallone.

Come cavolo ci è arrivato?

La palla sbatté proprio dove cominciava il guanto da portiere di Samuele, tra la mano e il polso. Non perse forza, si alzò invece in un campanile e andò a finire dall'altra parte del campo, verso David smarcato in attacco.

Giorgio intuì il pericolo e cercò un disperato recupero, ma la distanza era troppa per le sue gambette. Gli altri giocatori, da parte loro, erano rimasti imbambolati a guardare il tiro di Luca rivoltarglisi contro come una vipera calpestata.

David stoppò la palla con una grazia impensabile per la sua stazza da piccolo bisonte biondo. Corse solo qualche metro, poi calciò piano verso i pali lasciati indifesi da Luca.

Il pallone superò l'immaginaria linea della rete proprio mentre dalla chiesa di San Pietro iniziava la lunga scampanata delle nove e David esultò con un dito al cielo. Anche Carlo e i fratelli Giacomo e Mirko – gli altri tre giocatori della squadra dei lamonesi – festeggiarono correndo ad abbracciarlo, mentre Samuele sorrideva silenzioso, con le mani sui fianchi, esibendo i denti bianchissimi.

«Grande Samu!» strillò Marica dal pezzetto di prato in pendenza che sostituiva la gradinata. Esultava sventolando la copia di "Cioè" che aveva sfogliato per quasi tutta la partita. Non gliene fregava nulla del calcio: cercava solo pretesti per essere al centro dell'attenzione.

Accanto a lei, in silenzio, sedeva Chiara, e Luca sentì un brivido d'invidia e rabbia, quando Samuele si avviò verso le ragazze. I tre parlottarono un po' e Marica improvvisò una specie di replay del tuffo plastico del portiere. Chiara assisteva sorridendo, Samuele faceva finta di nulla, tanto per lui certe prodezze erano normali. Si tolse i guanti blu a strisce fosforescenti che non prestava a nessuno: i suoi compagni potevano anche parare a mani nude. Dalla maglietta con il numero 1 sulla schiena spuntavano due braccia muscolose.

«Perché non me l'hai passata, amico?» chiese stridulo Giorgio riportando Luca alla realtà. «Ero libero!»

«Tanto non segnavi. Se si mette lui in porta, abbiamo già perso» rispose scoraggiato Luca, levandosi i guanti fucsia mezzi bucati che nella loro squadra usavano a turno per stare in porta.

«Me la dovevi passare lo stesso!» insistette Giorgio sopra il frastuono della campana. Era piccoletto e magro come un grissino, con i capelli fitti e scuri.

Luca fissò cupo il fratello.

«Basta» sibilò, e Giorgio sembrò capire che non era aria di insistere.

Arrivò Alessio: ormai la squadra dei villeggianti si stava consolidando e loro tre ne erano l'ossatura. Li accomunava il fatto di essere "foresti", come venivano chiamati a Lamon tutti quelli che non erano nati in paese, ma soprattutto l'aver passato un casino di tempo insieme, quell'estate. Alessio si trovava bene con Luca e sopportava anche Giorgio. Il problema era che, nelle sfide contro i lamonesi, perdevano sempre.

«Minghia, Lu', che sfiga.» Alessio diceva "minghia" invece di "minchia", nessuno aveva mai capito il perché.

«Ce l'avevi quasi fatta. Non so come ha fatto a prendertela...» e scosse la testa in quel suo modo buffo, con il ciuffo rossiccio che ondeggiava da una parte. Come i fratelli Ferrari, anche Alessio veniva a Lamon a trovare la nonna. Solo che lui arrivava da Torino e, dettaglio non da poco, sosteneva di essere il nipote di Umberto Tozzi.

«Ma che tipo è tuo zio, Ale?» gli aveva domandato una volta Luca.

«Zio Umberto, dici?»

«Esatto. Intendo, com'è di persona. Tu ci parli?»

«Non tanto. Mi chiede sempre le stesse cose: come va con la scuola, se ho delle ragazze, se mi è piaciuto il suo ultimo disco. E come procedono le mie lezioni di chitarra, perché lui mi terrà un posto nella sua band.»

Luca nutriva forti perplessità su questa parentela: va bene che Umberto Tozzi era di Torino come Alessio, ma gli sembrava sospetto che il suo amico ogni volta attribuisse allo zio un'età diversa e che, non di rado, confondesse i titoli delle sue canzoni. Inoltre Alessio, con la chitarra, strimpellava giusto tre note. Ma erano amici, e Luca non lo voleva contraddire.

La campana delle nove la tirava proprio lunga con il suo concerto, ben oltre i cinque minuti, ogni sera a parte la domenica. Nessuno di loro sapeva perché durasse così tanto, ma tutti concordavano sul fatto che equivalesse al fischio finale dell'arbitro. Alle nove molti genitori imponevano il rientro a casa.

A giugno, quando era caldo e la luce si attardava in cielo, smettere di giocare rodeva parecchio, e così poteva capitare che i ragazzi sforassero di qualche minuto. Poi, man mano che agosto si avvicinava, il buio scendeva prima sull'altopiano, rubando ogni giorno un minuto in più alle loro partite sino a quando il campo restava vuoto e l'estate diventava già un ricordo.

Passando vicino a Luca, David gli mise una manona sulla testa per consolarlo. «No sta' a ciapartela» gli disse. Era l'unico che parlava solo in dialetto, gli altri, tutt'al più, lo mescolavano all'italiano. Ma Luca e Giorgio avevano trascorso in paese ogni estate della loro vita ed erano orgogliosi di capire il lamonese.

«E come faccio a non prendermela? M'hai segnato all'ultimo secondo!»

«L'è stat sol che culo, se no staòlta aròe vint voaltri.»

«Va be', comunque hai fatto un grande stop. Ma non potevi sbagliare apposta? Almeno pareggiavamo.»

«La pròsima òlta ve lag vinzer.»

«Ci vediamo domani da Angela?»

David annuì e si diresse verso la bici. Lo stesso fecero tutti i ragazzi, a parte Samuele, che andò a prendere il suo Califfone rosso. Era l'unico del gruppo a possedere un motorino.

«Minghia, che brutto quel Califfone!» ridacchiò Alessio.

«È quasi più lento di una bici» rincarò, acido, Luca, felice di trovare un punto debole su cui attaccare Samuele.

Perché, nonostante la marmitta modificata, il Califfone era lento per davvero, e ben più brutto del Sì e anche del Ciao.

Ma quando lui lo mise in moto, sotto gli occhi ammirati di Chiara e Marica, Luca lo invidiò da pazzi.

Samuele salutò con un bacino sulla guancia ciascuna delle ragazze.

Cos'è 'sta novità? Da quando?

L'aveva visto fare a quelli di prima superiore, di salutarsi con un bacio. Ormai anche Samuele aveva quattordici anni compiuti: rispetto a loro era un uomo fatto e finito.

Gli schioppettii del Califfone smarmittato riempirono l'aria mente Samuele svaniva verso il centro del paese, i lunghi ricci scuri che danzavano al vento. Il casco? Ma va'! Il casco lo mettevano le donne dal parrucchiere, per farsi la piega.

Le ragazze si avviarono a piedi.

«Ciao tosàt» salutò Marica. «Ciao Luca, a domani!» aggiunse poi con un sorriso speciale, tutto per lui. Chiara, invece, gli concesse solo un "ciao" disinteressato.

«Minghia, come ti saluta Marica... Non è che le piaci?» insinuò Alessio dandogli di gomito.

«Non dire cazzate» si schermì Luca, sentendosi arrossire.

«Guarda che non è male, e poi ha delle poppe...» fece Alessio mimando le forme con le mani. «Cosa ci farei...»

«E piantala, che c'è Giorgio!»

«Ha dieci anni, ormai!»

Ma il più piccolo dei fratelli Ferrari guardava per aria, annoiato. "Poppe" era solo un'altra parola che riguardava le ragazze, dunque non aveva importanza.

«Piantala uguale» insistette Luca. Non c'entrava Giorgio, in realtà. Lo imbarazzava parlare di certe cose, non sapeva cosa dire. Alessio aveva già baciato una ragazza con la lingua, a Torino, e parlava sempre di sesso.

Luca, invece, ancora niente. Mai baciato nessuna e, quanto a vedere una tetta dal vivo, manco a parlarne.

Gli unici corpi femminili che aveva sfiorato erano quelli di Sonia e Luisa, un sabato a casa di Roberto, il suo compagno di banco a Genova. Era successo durante una partita a Twister, quel gioco in cui stendi a terra un tappeto di caselle colorate e poi, girando una rotella, scopri quale casella devi toccare e con quale parte del corpo. Si procedeva a turno, una mano sul rosa, un piede sul blu, il tutto studiato apposta per intrecciarsi e stare un po' attaccati alle ragazze.

Luca era finito con un gomito sulle tette di Sonia – che era piatta come una tavola – e con la faccia vicino al culo di Luisa – che era grosso come una portaerei. Poi una guancia su una spalla, una mano sulla testa e dopo dieci minuti già sudavano e Luisa non profumava esattamente di rosa.

Perché deve andarmi sempre di sfiga?

«Lo so che preferiresti un bel sorriso da Chiara, ma quella non caga mai nessuno» continuò Alessio.

«È perché non ci abbiamo confidenza, Ale. Noi due non siamo di Lamon. L'anno scorso non la beccavi mai quaggiù al campo, c'erano solo Marica e Sara, ricordi?»

«Sara si vede meno, quest'anno. Comunque non capisco perché siamo sempre più maschi che femmine. Ne nascono, di ragazze, in 'sto paese?»

«Almeno c'è Chiara» disse Luca.

«Guarda che lei viene perché è innamorata di Samuele, sicuro. Dicono che sono tutte innamorate di lui, quelle della nostra età.»

«E chi lo dice?»

«Boh, quelli del paese» rispose vago Alessio.

"Quelli del paese" era la locuzione vaga ma perfetta per identificare la comunità di Lamon, che tutto vedeva, tutto sapeva e tutto, ovviamente, giudicava. Per "quelli del paese", Samuele era un cavaliere riccioluto in sella a un Califfone schioppettante, mentre loro erano due foresti sfigati di tredici anni. Luca aveva pure l'aggravante di trascinarsi dietro il fratello piccolo, che adesso li seguiva spingendo la sua biciclettina.

Percorsero un pezzo di strada insieme, parlando di Vujadin Boškov, l'allenatore della Sampdoria. Alessio sapeva a memoria tutte le sue frasi più famose e ridicole. Se le annotava su un quadernetto e si divertiva a ripeterle ossessivamente.

«Se vinciamo siamo vincitori, se perdiamo siamo perditori!»

E giù a ridere.

«Ale, ma cosa avrebbe detto Boškov della partita di stasera?» chiese Giorgio, di nuovo partecipe.

Alessio si fece serio e gonfiò il petto per imitare la cantilena dell'Est del famoso allenatore.

«Nostro Luca fatto bene a rischiare. Chi non tira in porta no segna. Solo che lui ha fatto tiro per avversari!»

Altre risate.

Erano arrivati in cima a via Ferd, dove abitava Alessio, a poche decine di metri dalla casa dei nonni di Luca e Giorgio.

I loro genitori, invece, avevano una villetta dall'altra parte del paese, in quella che i lamonesi chiamavano "campagna". Ai due fratelli, abituati alle colate di cemento del quartiere di Sampierdarena, Lamon sembrava *tutta* campagna. Anzi, agli amici di Genova dicevano «Andiamo in montagna», neanche fossero piccoli Messner che passavano l'estate a scalare cime innevate.

Nella campagna di Lamon c'erano coltivazioni di fagioli e di pannocchie. E poi boschi, tutt'intorno, e meno case che in città. Molte meno case.

Il trio si separò, dandosi appuntamento all'indomani.

I fratelli Ferrari smisero di spingere le bici e ci salirono sopra. Continuavano a chiamarle "arrampichini", anche se c'era chi, per fare il figo, iniziava a dire mountain bike.

L'arrampichino di Luca era più grande, nero con alcune strisce viola, quello di Giorgio era una buffa versione in miniatura, bianca e rossa.

Pedalarono fino alla piazza, dove alcuni ragazzi più grandi sedevano a fumare e chiacchierare con la schiena poggiata contro il palazzo del municipio e un paio di villeggianti aspettavano in coda il loro turno per usare l'unica cabina telefonica.

Meno male che da quest'anno abbiamo il telefono in casa. A Luca telefonare dalla cabina metteva ansia, con il suono dei gettoni che scendevano velocissimi e tu che dovevi buttarne sempre dentro altri per evitare che cascasse la linea.

Svoltarono a destra, lasciandosi alle spalle la statua del soldato morente in ricordo dei lamonesi caduti in guerra.

Percorsero tutta via Alighieri con le sue villette, passando sotto i lampioni intorno ai quali i pipistrelli andavano a caccia di insetti. Quindi incrociarono la strada di casa.

Si chiamava via del Sole, perché si allungava su una distesa pianeggiante ed era sempre esposta alla luce.

In via del Sole non c'erano lampioni, non servivano. Bastava una mezzaluna per rischiarare la strada e, se la luna era piena, illuminava ogni cosa: la strada e i campi di fagioli, i prati e i boschi di abeti più dietro.

I fratelli pedalarono fino al punto in cui la via asfaltata finiva, dividendosi in un bivio. Da lì partivano due strade sterrate: Luca e Giorgio presero quella di destra, che conduceva alla loro casa di villeggiatura. Il più piccolo rievocava le prodezze ciclistiche di David.

«Anche se è grasso arriva su alla casa di riposo in sei minuti!»

«E tu ci credi, Gio'?»

«Io sì. Se lo dice!»

Raggiunsero il cancello che chiudeva il recinto della villetta e videro le imposte del piano di sopra accostate.

«Dici che papà è già andato a letto?» domandò Giorgio. Luca rifletté, arricciando le labbra.

«Penso di sì, quando siamo partiti aveva una delle sue emicranie.»

«Cosa sono le micranie, amico?»

«I mal di testa, Gio'. Comunque si dice "emicranie", con la e.»

«E perché la mamma non le ha?»

Già, perché? E perché le emicranie di papà sono così forti?

Luca non ne aveva idea. Sapeva solo che i mal di testa di Tommaso Ferrari erano quasi leggendari. «Ha uno dei suoi mal di testa» diceva sua madre allargando le braccia.

A Luca sembrava di aver colto un dettaglio, però: i mal di testa del padre erano più frequenti nei suoi giorni liberi, quelli in cui avrebbe dovuto riposarsi, e diminuivano quand'era più impegnato. Lavorava sempre tantissimo, piantato dentro il palazzo di Giustizia dal mattino alla sera. Ma le poche volte in cui non lavorava sembrava che i mal di testa s'inferocissero, come se glielo facessero apposta a rovinargli il riposo. Allora doveva mettersi a letto e stare al buio. Faceva paura, conciato così. Non parlava, al massimo biascicava frasi incomprensibili e si riempiva di pastiglie che lo aiutavano a sentirsi meglio solo dopo molte ore.

«Ma si può morire, per queste emicranie?»

«E abbassa la voce, che papà dorme! Comunque no, non si muore» spiegò Luca, ostentando una sicurezza maturata solo di recente. Da piccolo anche lui aveva temuto che suo padre morisse durante quegli attacchi, o che avesse qualche brutta malattia dentro la testa. Ma adesso era grande e riusciva a preoccuparsi di meno.

Girò intorno alla casa, seguito dal fratellino.

«Se ved che tó pare l'ha i schèi» aveva detto David osservando la loro villa a due piani. Nonostante il retrogusto acido nel tono dell'amico, Luca si era sentito orgoglioso che qualcuno ritenesse la sua famiglia più ricca di altre. Che lo invidiasse.

La sera gli piaceva chiudere le imposte di legno: per farlo doveva aprire la finestra, affacciarsi, sentire l'aria. Nell'appartamento di Genova, invece, bastava tirare giù una serranda, come le grate di acciaio che chiudono i castelli medievali: Luca al di qua delle mura, il mondo fuori.

Il giardino era un'altra cosa che a Genova sognava, ma ciò che proprio adorava era il sottotetto.

Quando andava a dormire con le travi di legno a vista sopra di sé, si sentiva al sicuro. E, se pioveva, ascoltava il rumore delle gocce, tante piccole dita che picchiettavano lievi sulle tegole. Quasi poteva distinguerle una per una, prima che scivolassero sul tetto a spiovente formando un sottile rigagnolo d'acqua nella grondaia. E pensava sempre a quant'era fortunato a non stare sotto la pioggia, ma sotto le coperte.

Sul retro della villa c'era uno spazio dove parcheggiavano le macchine. Luca vide il lucido e inconfondibile profilo della Citroën CX del padre sotto la grande tettoia.

Mancava invece la Fiesta scalcinata della madre, che lasciavano sempre lì perché lei a Genova non voleva guidare. «C'è troppo traffico, ho paura. E poi risparmiamo l'assicurazione.»

Sarà andata di nuovo a quel corso di cucina, pensò Luca. Era un po' geloso dei crescenti impegni della madre e, quando non la trovava in casa ad aspettare il loro ritorno, avvertiva uno strano senso di vuoto. Ma iniziavano ad aprirsi per lui nuovi spazi d'indipendenza. Forse lo avrebbero lasciato tornare più tardi delle nove e mezza? Forse sua madre iniziava a fidarsi di lui?

E certo che si fida, non ho mai fatto niente di male! Va be', se si esclude quella volta che mi sono arrampicato sul terrazzo della villa abbandonata e non riuscivo più a scendere. Ma se la mamma sapesse le cose che combinano i ragazzi di qui, altro che, le verrebbe un infarto.

Sua madre era uscita, ma di sicuro s'era raccomandata con papà di aspettarli. Solo che lui era andato a letto per via dell'emicrania, tanto non era uno che si preoccupava.

«Tommaso ci è abituato, ai pericoli» aveva detto una volta nonna Ada. Era il periodo in cui le volanti della polizia passavano sotto casa più volte al giorno e si fermavano qualche minuto davanti al portone, per controllare che fosse tutto a posto.

Spesso i poliziotti suonavano anche al citofono, Luca se lo ricordava, anche se a quel tempo aveva solo nove anni.

Però non aveva mai capito bene il motivo della loro presenza. Si trattava di problemi legati al lavoro del papà, un caso importante sul quale stava indagando. Forse c'era di mezzo una banda di criminali, ma non sapeva dirlo con certezza.

Per fortuna, poi, la polizia aveva catturato quella gentaglia e non era più dovuta venire a controllare.

I fratelli rimasero sotto la tettoia delle auto, nell'aria fresca che arrivava dal bosco vicino. Non se lo dissero a vicenda, ma non si decidevano a entrare in casa perché qualcosa di non detto vibrava tra di loro. Il brivido di una possibilità inattesa. Non capitava spesso che, di sera, si trovassero da soli nel loro grande terreno, liberi di fare ciò che volevano, senza genitori di mezzo.

Alla fine Giorgio ruppe gli indugi.

«Amico, andiamo a cercare il tasso?»

2

A Giorgio Ferrari piacevano gli animali. In particolare aveva una passione per i gatti, che tentava di avvicinare, toccare, acchiappare ogni volta che poteva.

Il suo obiettivo preferito era un gatto dal pelo maculato arancio, bianco e marrone, che si aggirava sempre dalle loro parti. I gatti con quei colori strani di solito erano selvatici e questo qui lo era più di tutti: impossibile arrivargli a meno di cinque metri, subito scappava via.

Ma la bestiola che accendeva le più estreme fantasie di Giorgio era il tasso.

Da una sera di settembre dell'anno prima, quando sosteneva di aver intravisto una coda striata di bianco e nero nel bosco dietro casa, il tasso era assurto a creatura mitologica.

In realtà Luca pensava che suo fratello avesse visto solo un altro gatto, ma di tanto in tanto si divertiva ad assecondare il fratello, nonostante le raccomandazioni della nonna Ada.

«State attenti, i tassi possono portare la rabbia!» La nonna voleva solo spaventarli. Ma Luca ormai aveva tredici anni e guardava i film horror, da un paio di settimane seguiva pure il nuovo programma *Zio Tibia Picture Show*: non si sarebbe certo lasciato intimidire da quelle raccomandazioni per bambinetti.

Luca aveva paura solo delle vipere. Si raccontava che una avesse morso il pasticciere di Lamon, anche se poi si era salvato. Ogni volta che si passava in un tratto con l'erba alta, bisognava prendere un ramo e smuoverla bene, e battere forte i piedi per terra. Le vipere sono sorde, ma percepiscono le vibrazioni che si propagano al suolo. E guai a mettere le mani dove non si vedeva. In caso di morso, c'era sempre il siero antivipera. «Ma se qualcuno dovesse provare a iniettartelo, tu digli subito che soffri di molte allergie, Luca. Potresti morire per lo shock anafilattico!» gli aveva spiegato la mamma.

Certo che sarebbe il colmo, morire per colpa di un siero che deve salvarmi la vita.

Nonostante il veleno delle vipere e la rabbia dei tassi, il bosco non li aveva mai spaventati. Eppure Luca e Giorgio esitarono un istante prima di inoltrarsi fra gli alberi.

La foresta dietro casa, con il buio, sembrava *diversa*. Emetteva tanti rumori quasi impercettibili, il respiro di una vita segreta che, nell'oscurità, si risvegliava. Il frinire dei grilli, il picchiettare sul tronco di un uccello notturno. E i movimenti dei rami, come se gli abeti, di nascosto, stirassero le loro lunghe braccia coperte di aghi verdi per godersi la frescura.

Avanzando nel folto, si poteva raggiungere la bassa rete di metallo che delimitava il terreno della famiglia Ferrari, oltre la quale Luca e Giorgio erano andati solo un paio di volte. Superata quella rete, la foresta proseguiva fino a una radura, al fondo di una piccola valle. A quel punto c'erano due possibilità: risalire sul crinale opposto, verso il paese, oppure inoltrarsi ancora nella foresta. Luca non sapeva nemmeno dove si potesse finire, da quel lato.

Giorgio affondò il primo passo nel sottobosco morbido, dove un tappeto di aghi d'abete impediva ai rovi di crescere.

La luce della luna illuminava solo l'inizio del sentiero. Man mano che si scendeva, però, le chiome serrate erano una barriera che rendeva l'oscurità sempre più fitta.

«Ehi, non andare troppo dentro, che non ci vediamo niente.»

«No, amico, tranquillo.»

Giorgio si fermò a esplorare il sentiero con lo sguardo, cercando di adattare la vista al buio. Poi scese ancora.

«Scommetto che puoi vedere il tasso, eh?» gli chiese Luca prendendolo in giro.

«No.»

In quel momento Luca ebbe un'illuminazione e sul viso gli si dipinse un sorriso malizioso.

«Bisogna stare attenti lo stesso.»

«Per la rabbia?»

«No.»

«Per le vipere?»

«Nemmeno, Gio'. Ma potremmo incontrare l'Uomo Selvatico.»

«L'Uomo Selvatico?»

«È uno che vive qui nel bosco. Ha i capelli lunghi e la barba, è tutto pieno di peli. Come una bestia, capisci?»

Giorgio taceva, ma il fratello maggiore sentì il suo respiro farsi più affannato.

Luca aveva scoperto la leggenda dell'Uomo Selvatico a scuola, facendo una ricerca sul mito dello Yeti dell'Himalaya e il folclore delle zone di montagna. Se negli Stati Uniti esisteva la leggenda del Bigfoot, in Europa si raccontava quella dell'Uomo Selvatico, che – però – aveva tratti più umani. Era diffusa in Trentino, ma anche in certe zone del Veneto, in Val d'Aosta. In pratica ovunque esistessero montagne e boschi, la gente s'inventava qualche uomo peloso.

«Sembra una bestia, ma anche un essere umano. Una specie di lupo mannaro.»

«Basta, amico, che mi viene paura» mormorò Giorgio, che si era già voltato per tornare indietro. La voce si era incrinata e Luca temette che iniziasse a piangere.

Si sentì in colpa e gli mise un braccio intorno alle spalle.

Fu in quel momento che udirono un rumore di legnetti che si spezzavano, come se qualcuno stesse camminando in mezzo ai tronchi. Erano solo i fruscii notturni del bosco, non dovevano spaventarsi. Ma Giorgio si aggrappò a Luca.

«Stai tranquillo, Gio'! Non c'è nessuno! E poi finché sei con me non ti succederà niente.»

Poi accadde.

Nella semioscurità, osservando il disegno dei tronchi e dei rami, Luca si rese conto che qualcosa non andava.

All'inizio era una sensazione sfuggente, poi guardò meglio e distinse un albero dai contorni irregolari.

C'era qualcosa.

Una sagoma che doveva essere già entrata da un po' nel suo campo visivo, ma lui non se n'era accorto.

Sembrava una figura in piedi, vicina al tronco di un abete. No, non era vicina, era...

Avvinghiata.

Luca si fermò, sforzandosi di guardare meglio, convinto che si trattasse solo di un'illusione creata dal tronco e dalla notte.

Sì, è così.

«Che c'è, amico, perché ti sei fermato?» domandò Giorgio, tirandolo, ma si mise a guardare anche lui.

Luca fissava il tronco. Non ne distingueva chiaramente i contorni, vedeva soltanto quella sagoma scura, molto alta. Ormai abituato al buio, scorse qualcosa che poteva ricordare un viso. Ma era un viso nero pece, e il corpo sembrava coperto di foglie: come un albero, ma vivo. Poi un lieve movimento svelò che la figura guardava proprio verso di loro.

Li aveva visti.

«Via, Gio'! Via!» urlò Luca strattonando il fratello per un braccio, e iniziò a correre tirandoselo dietro.

Giorgio gridò e corse anche lui.

Luca credette di sentire la presenza scattare verso di loro, i passi che scuotevano il sottobosco mentre li inseguiva.

Risalirono il sentiero in fretta, urlando. Si fiondarono fuori dal bosco e tagliarono dritti verso la porta di casa.

Luca non ebbe il coraggio di guardarsi indietro e vedere quella cosa a pochi passi da loro, pronta ad afferrarli e riportarli nel buio. Si aspettava di sentirsi il suo fiato sul collo, l'odore marcio che arrivava dalla bocca spalancata e grondante saliva.

Ma non accadde.

La luce di due fari li intercettò come carcerati sorpresi durante l'evasione. Luca deviò e si lanciò assieme a Giorgio verso la Fiesta della madre, che si era fermata davanti al cancello. Ansimava e si sbracciava, mentre il fratello piagnucolava.

La madre scese dall'auto sconvolta. «Che è successo? Dov'è papà?»

«C'era qualcosa! C'era qualcosa nel bosco!» spiegò Luca.

«Dov'è papà?» urlò lei.

«In casa, mamma, credo sia in casa!»

La donna si guardò intorno con le mani nei capelli e gli occhi sgranati, ma non c'era nulla di strano. Nessuno nel prato. Il silenzio del bosco era scosso soltanto dal frinire dei grilli. Proprio in quel momento il padre uscì dalla villetta tenendosi la borsa del ghiaccio sulla testa, l'aria allarmata.

«Che è successo?» farfugliò.

«Ma dov'eri, cazzo?» ringhiò la moglie, che però nel vederlo si rilassò. Le spalle persero tensione, ricominciò a respirare. Erano tutti quanti lì, al sicuro.

Luca, invece, sentì la frequenza del suo respiro diventare insostenibile. Prese da una tasca dei pantaloncini lo spray contro l'asma che si portava sempre dietro e diede due spruzzate veloci, respirando a pieni polmoni per riempirli del broncodilatatore e cercare di calmarsi.

Di nuovo si guardò intorno e di nuovo non vide nulla. Non c'era nessuno, a parte loro. Ma Luca aveva visto quegli occhi, laggiù nel bosco.

E quegli occhi avevano visto lui.

3

«Allora, ricapitoliamo. Voi due eravate qui...» disse il padre di Luca fermandosi nel punto che lui gli aveva indicato.

La loro esplorazione notturna, quella presenza fra gli alberi, il terrore, la fuga: sembrava tutto impossibile, alla luce delle dieci del mattino e con il metro e ottantacinque di papà accanto a loro.

Suo padre, Tommaso, aveva solo quarantun anni, nonostante i capelli grigi che lo facevano sembrare più vecchio e più saggio.

La sera prima, quando Luca aveva raccontato confusamente dell'apparizione fra gli abeti, aveva afferrato una torcia elettrica e un bastone di legno e si era inoltrato nel bosco, nonostante le proteste della madre.

Era tornato dopo dieci minuti.

«Non c'è proprio nulla.»

Adesso, con il caldo che scioglieva ogni paura, aveva voluto tornarci con loro per farsi spiegare bene com'erano andate le cose.

«Invece quell'uomo stava lì, giusto?» chiese, indicando l'albero incriminato.

Ammesso che fosse un uomo, pensò Luca, ma non lo disse. Annuì e basta.

«Tu, Giorgio, non l'hai visto?»

Il più piccolo dei fratelli si morse il labbro inferiore.

«Non sono sicuro, pa'... Era buio! Ho solo sentito Luca che mi diceva di correre. Però forse un'ombra c'era.»

«Un'ombra. Di notte. Ma certo.»

«Tu credi che fosse l'Uomo Selvatico, pa'?»

«Chi?»

Fu così che Luca dovette confessare al padre della leggenda che aveva raccontato al fratellino, la storia di un uomo del bosco che aveva inventato sul momento. Questo dettaglio, però, lo omise, fingendo di averla sentita dai suoi amici.

Il padre assunse un'espressione indecifrabile. Sembrava arrabbiato, ma pure scettico, comunque attento. Rimase un po' lì, a passeggiare lentamente fra gli abeti, stringendosi il mento fra le dita. Ispezionò con cura il punto della presunta apparizione, scostò coi piedi gli aghi d'abete, che non rivelarono tracce sospette. Sembrava un investigatore e, in fondo, lo era. Anche se faceva il magistrato, lavorava spesso con i carabinieri e la polizia.

«Sapete che idea mi sono fatto io?»

I figli rimasero in silenzio, preoccupati ma anche impazienti di ascoltare.

«Penso che voi due abbiate fatto un po' gli stupidi, ieri. Vi siete raccontati queste storie e vi siete suggestionati. E tu hai pensato di vedere qualcuno, Luca. Ma non c'era proprio nessuno.»

«Ma pa', io ti dico che c'era!»

Il padre lo guardò cupo. «Va bene. Allora magari hai ragione e c'era. Magari quello che hai visto era Fabio Rosso, che faceva uno dei suoi giri notturni. Oppure Ivano Cismon. L'anno scorso l'ho trovato io che vagava là sotto, una sera di agosto» spiegò indicando la valle. «Ho dovuto accompagnarlo a casa in macchina. Li conoscete, no?»

I fratelli annuirono. Fabio Rosso e Ivano Cismon abitavano in campagna, ma giravano spesso per il paese senza meta. Di giorno smaltivano le bevute della notte prima, di sera smaltivano le sbornie della giornata. Fabio Rosso era soprannominato in quel modo per l'assurdo colore che assumeva quando beveva. Ivano Cismon, invece, doveva il soprannome all'omonimo torrente, accanto a cui si era svegliato la mattina dopo una colossale sbornia, senza sapere come fosse finito lì.

Ma non c'erano mica solo quei due. Vicino alla piazza abitava un tizio che, quando beveva, accendeva lo stereo a palla e cantava a squarciagola *Che sarà* dei Ricchi e Poveri, sempre quella, centinaia di volte. E poi c'era quel vecchio, Romualdo, cui anni prima avevano amputato un braccio, sostituendolo con una protesi d'acciaio. Solo che, quando si ubriacava, menava pugni alla cieca con il braccio metallico, tipo Jeeg Robot. Meglio non incontrarlo.

Luca si sforzò di pensare che papà aveva ragione, la presenza nel bosco doveva essere Fabio Rosso o Ivano Cismon o qualcun altro che era finito laggiù perché si era fatto troppi bicchieri. Troppe "ombre de vin".

Eppure una voce dentro la testa gli diceva che no, non si sbagliava.

«Forza, torniamo su» ordinò il padre ispezionando per un'ultima volta gli alberi trafitti dai raggi obliqui del sole che si levava.

Forse anche lui ha dei dubbi.

Comunque non era il caso di insistere e farlo arrabbiare. Papà non gridava e non faceva scenate come mamma, però diventava così silenzioso e scuro che ti spaventava anche di più.

Una volta rientrati, trovarono la madre che spazzava la veranda davanti all'ingresso.

«Allora?»

«Nulla di strano, Francesca. Non c'era nessuno, come ieri sera. Secondo me hanno fatto tutto questi due qui con l'immaginazione.»

Me lo sarò sognato per davvero?

Il dubbio lo faceva sentire stupido. Magari avesse avuto il coraggio di guardare meglio: si sarebbe stampato in testa quell'immagine e avrebbe potuto descriverla con esattezza. Invece il ricordo continuava a sfuggirgli. Era inafferrabile come il Nulla della *Storia infinita.*

Samuele ricorderebbe tutto in modo perfetto.

Anzi, Samuele avrebbe dato un calcio in culo a chiunque fosse entrato nella sua proprietà. Lo avrebbe catturato, altroché. E pure David, che era grosso e non aveva paura di nessuno.

Lui, invece, era scappato come una femminuccia, terrorizzando anche il fratello.

Codardo.

I suoi amici di Genova gli avrebbero detto di peggio.

Frocio!

«Facciamo qualche passaggio?» domandò a Giorgio per distrarsi, e iniziarono a calciare il Super Tele. Era così leggero che volava con traiettorie improbabili.

Dalla casa dei Facchin, poco distante, arrivò Rudi, un ragazzino di dieci anni. Chiese se poteva giocare anche lui e Giorgio acconsentì senza troppo entusiasmo. Era abituato a stare con Luca e quelli più grandi, per questo i suoi coetanei gli sembravano bambini di prima elementare, anche se erano tutti più alti di lui.

I suoi genitori rimasero in veranda a parlare e Luca, mentre giocava, si sforzò di ascoltare cosa dicessero.

«Dovresti andare subito dai carabinieri» suggerì la madre con un tono infelice e insieme arrabbiato.

«Perché? Non era nulla, ti ho detto.»

«Ah sì? Ma se stanotte non hai chiuso occhio e ti sei pure svegliato gridando. Non te lo ricordi?»

«Abbassa la voce, che ci sono i bambini!»

Lei parlò più piano, ma Luca sentì lo stesso.

«Va bene, però io ho bisogno di sapere se dobbiamo preoccuparci, lo capisci o no? Mi avevi detto che lo avrebbero ripreso e invece...»

«Ti ho detto di stare tranquilla, Francesca. La situazione è sotto controllo.»

Luca vide sua madre accelerare con la scopa, spazzando via la polvere quasi fosse un nemico da tenere a bada.

«Ma che tranquilla, Tommaso? Nemmeno qui possiamo più stare tranquilli. È assurdo.»

«E invece siamo al sicuro.»

«Non è possibile che dobbiamo parlare ancora di questo. Dio mio.»

Quando sua madre diceva "Dio mio" era un pessimo segnale. Luca sentì l'agitazione crescere.

Il padre rispose a bassa voce, Luca capì solo «per me è già in Francia».

«E i mal di testa e il nervoso e la polizia e tutto quello che abbiamo passato la prima volta. E adesso questo, di nuovo! Tu sei sempre distante.»

«Ma adesso sono qui, no?»

«Il guaio è che anche quando ci sei, tu pensi ad altro. È come se non ci fossi mai. Ma tanto mi sono adattata. Di questo sì, puoi stare tranquillo.»

Il padre sospirò e cercò di abbracciarla, ma la madre si ritrasse di scatto. Alzò gli occhi e, in quel momento, incrociò quelli di Luca. Entrò veloce in casa, senza dire altro.

Il papà invece restò piantato lì fuori, cupo, a stringere i pugni per la rabbia.

Ecco, era così lui, sembrava un palloncino troppo gonfio, eppure non esplodeva mai.

Gli arrivò una pallonata sul naso, Luca era tanto distratto che non si era nemmeno accorto del tiro del fratello. Giorgio e Rudi risero, mentre lui si teneva la mano in faccia.

«Scemi, cosa ridete?» urlò, ma quel piccolo dolore fu un'ottima medicina per scordarsi il dialogo fra i genitori. Ma quando a mezzogiorno Luca rientrò con suo fratello per mangiare e trovò i suoi ancora scuri in volto, tutte le parole che aveva origliato gli rintoccarono nella testa come la campana delle nove.

"Carabinieri", "Preoccuparci", "Ti sei svegliato gridando", "Per me è già in Francia", "La polizia", "Quello che abbiamo passato", "Mi sono adattata".

Era un suono diverso, e Luca non riusciva a distinguerlo, ma era certo che annunciasse qualcosa di brutto.

4

Il bar di Angela stava vicino al prato dove i fratelli Ferrari giocavano a calcio ogni sera, dall'altra parte di Lamon rispetto a via del Sole.

Luca e Giorgio avevano i loro amici dove vivevano i nonni. Nonostante le vacanze estive, qualche volta la mamma aveva degli impegni a scuola, così loro due si trasferivano temporaneamente da nonna Ada e nonno Paolo. Giocavano nel grande cortile sterrato davanti a casa e poi giù lungo via Ferd, un nome incomprensibile che a Luca piaceva un casino, aveva un fascino esotico. "Io abito in via Ferd" suonava figo, altro che via Cantore, dove vivevano a Genova.

Il bar di Angela si chiamava così dal nome della titolare, una signora piccola con gli occhi azzurri. Viveva con la famiglia al primo e al secondo piano dello stabile, mentre il locale occupava il piano terra ed era enorme, ma quasi sempre mezzo vuoto, come tutti i bar di Lamon: nove erano troppi, per tremila abitanti. Li avevano contati per gioco a metà giugno. Con le ampie vetrate e lo spazio sul retro, il locale di Angela era un paradiso dove potevano stare per ore senza dar fastidio a nessuno. Anzi, Angela era contenta, le facevano compagnia. Per Luca era eccitante avere il *suo* bar, dove la padrona lo chiamava per nome quando entrava, come se fosse un adulto. A Genova nemmeno aveva il coraggio di entrarci, in posti del genere, con le facce che vedeva all'ingresso.

Si accontentava del Commodore 64 che il padre gli aveva regalato per Natale. Non potevano portarlo in montagna, ma al bar di Angela c'era il videogame di *Double Dragon*, uscito l'anno prima. Giorgio e Luca ci si attaccavano come se avessero ventose al posto delle mani: duemila lire valevano dieci gettoni, ovvero cinque partite fianco a fianco, impersonando i fratelli Billy e Jimmy Lee che combattevano i Black Warriors per liberare la splendida Marian. Non erano ancora arrivati agli ultimi quadri, dove li attendeva uno scontro fratricida per conquistare il cuore della ragazza. Di solito morivano a quello del bosco, affrontando Abobo, un gigante nero calvo e pieno di muscoli.

La squadra Giorgio-Luca funzionava bene, si coprivano sempre a vicenda, gli veniva naturale. Del resto avevano passato interi inverni chiusi in casa a giocare insieme, molto prima dell'arrivo del Commodore. Si divertivano con *Memory*, *Indovina Chi?*, *Cluedo*, *Monopoli*. E con i Playmobil, inventando avventure improbabili in cui navi di pirati attaccavano gli indiani delle riserve e uomini armati a bordo di go-kart irrompevano all'interno di castelli medievali. Dovevano arrangiarsi con la fantasia, perché la mamma non voleva che andassero all'oratorio.

«Non mi fido di quelli» diceva, riferendosi ai preti. Una volta, quando aveva undici anni, Luca aveva tentato di convincerla a lasciarlo andare a giocare a pallone nella squadra del quartiere, dove c'era l'allenatore e nessun prete.

«Ma come faccio a mandarti? Hai l'asma, lo sai? E se ti sforzi troppo e poi ti senti male? E comunque giocano sempre nel campo dell'oratorio.»

Alla fine Luca si era rassegnato a farsi bastare la fantasia e la compagnia del fratello minore. Per sempre insieme, come Billy e Jimmy Lee di *Double Dragon*. Solo che adesso Luca aveva tredici anni e parlare di certe cose con Giorgio era diventato complicato. I suoi pensieri sulle ragazze, per esempio, mica poteva capirli.

Alessio arrivò proprio quando Luca-Jimmy Lee moriva, colpito dal micidiale schiaffone a due mani del gigante Abobo.

«Ma nooo! Ce l'avevamo quasi fatta...» si disperò.

«È fortissimo, 'sto gigante» considerò Giorgio-Billy, mentre ci lasciava le penne pure lui. «Dobbiamo cercare di circondarlo e poi io lo attacco da dietro con la combo.»

«Dài, non cambiate più gettoni. 'Sto gioco ha rotto la minghia. Prendiamoci un Calippo» propose Alessio, e l'idea riscosse immediato successo. Era una giornata stranamente afosa per Lamon, e tra smanettare sui joystick e pigiare i tasti, i due fratelli si erano accaldati.

Si ritrovarono ai tavolini fuori, sotto il tendone a strisce bianche e blu, ad aspettare che il Calippo pietrificato nel cartoncino si sciogliesse abbastanza da riuscire a cavarlo fuori.

Luca pensava, in silenzio.

Avrebbe voluto raccontare ad Alessio della sera prima e del bosco, ma non sapeva bene cosa dirgli.

Si conoscevano ormai da tre estati e Alessio gli piaceva sempre di più. Lo sentiva vicino, simile, un ragazzo di città che durante l'estate godeva di libertà insperate. L'inverno precedente aveva avuto una specie di fidanzata e questo gli aveva fatto compiere un notevole balzo in avanti nella scala di considerazione di Luca. Lasciando perdere Samuele, che aveva un anno in più e giocava in un'altra categoria, anche Alessio gli sembrava di colpo più grande e vissuto. Luca non voleva fare la figura del bambinetto raccontandogli l'episodio del bosco. E nemmeno voleva spaventare ancora suo fratello, rischiando che lo riferisse al padre e complicasse le cose. Alessio riuscì a estrarre il ghiacciolo e gli diede una lunga succhiata, facendo apposta rumore con la bocca. Si misero a ridere, mentre Angela, che era uscita a pulire alcuni tavolini, alzava gli occhi al cielo.

«Venerdì ci vieni alla pizza?»

«La pizza? Quale pizza?»

«Ho incontrato Marica, stamattina, in edicola. Con Samuele stanno organizzando una pizza per venerdì.»

«E chi ci sarebbe?» domandò Luca.

«Loro due, io e te, poi bisogna dirlo a David, Giacomo e Mirko... insomma, i soliti.»

«A che ora?»

«Alle otto e mezza.»

«Così tardi? Ma se qui mangiano tutti alle sette!»

Alessio sorrise, gli occhi scintillanti.

«Appunto, così quando finisce abbiamo la scusa per star fuori un pochino di più.»

«E io?» chiese Giorgio ciucciando il suo Calippo al limone.

«La mamma non ti fa venire, a quell'ora.»

Il fratellino s'imbronciò e Luca cercò di consolarlo.

«Venerdì in tivù c'è il primo turno della Coppa Italia, amico.»

«Che bello! Me la guardo sdraiato sul divano!»

«Fa' pure.»

Arrivarono due bambini più piccoli, che invitarono Giorgio al calcio balilla. Lui si alzò subito, lasciando il fratello e Alessio da soli.

C'era una domanda che rimbalzava nella testa di Luca, veloce come una pallina da tennis. Non riguardava più il bosco e la cosa che – *forse* – aveva visto. La disavventura della sera prima in confronto sembrava irrilevante.

«E Chiara viene alla pizza?»

Ostentò noncuranza, ma sentì il battito del cuore sospendersi mentre aspettava la risposta.

«Boh...» sospirò Alessio.

Trascorsero attimi che sembrarono un secolo.

«Forse sì, dice Marica.»

Il cuore di Luca riprese timidamente a battere, ma per poco: Alessio disse una frase che lo trasformò in un ghiacciolo ben più freddo del Calippo.

«È la volta buona che Samuele chiede a Chiara di mettersi insieme.»

Luca deglutì. «Davvero?»

«Marica mi ha raccontato che, se Samuele ci prova, Chiara ci sta. Mi sa che ha ragione. Certo, se abitassi qui pure io... Minghia, gli potrei dare del filo da torcere, a Samuele» spiegò scuotendo il ciuffo rossiccio con un'aria risoluta che Luca invidiò. Alessio non era bello, Samuele sì. Aveva i capelli lunghi e la domenica si metteva i Levi's e le Reebok, che a Lamon quasi nessuno dei suoi coetanei aveva. Alessio, invece, aveva i denti grossi e un po' storti, il mento pronunciato, e portava sempre magliette dai colori assurdi, tipo giallo fosforescente o verde pisello. «Me le compra mia nonna qui alla bottega, che devo farci?»

Però Alessio Maltagliati aveva qualcosa che a Luca Ferrari mancava.

Credeva in se stesso.

5

I nonni di Luca vivevano a Genova per sei mesi all'anno. Ma quando le temperature lamonesi diventavano accettabili – ossia da aprile alla fine di settembre – si rifugiavano in paese, dove nonna Ada aveva ancora le sue sorelle.

Ada non parlava tanto, come la maggior parte dei lamonesi. Luca si era reso conto che, rispetto a Genova, in paese la conversazione era un aspetto secondario dei rapporti fra adulti. C'erano persone che s'incontravano, si salutavano con un rapido cenno della testa o una mezza smorfia, e poi basta. Stavano vicine per minuti, a volte senza dirsi nulla, altre scambiandosi monosillabi tra i denti. Spesso guardavano fisso davanti a sé, osservando in silenzio la gente che camminava in piazza, anche se conoscevano i nomi di battesimo di tutti. Se c'era un operaio che lavorava, loro si fermavano a guardare in curioso silenzio, quasi che il sollevamento di un tombino o la costruzione di un muretto di cemento armato fossero spettacoli interessanti e mai visti. Ma se c'era di mezzo una moto nuova o una macchina appena comprata, allora poteva succedere che sprecassero persino qualche parola di commento.

Di solito Luca stava bene con Ada ma, nei periodi in cui lui e il fratello dovevano abitare coi nonni per l'assenza dei genitori, lei diventava ansiosa. Si preoccupava che cadessero con la bicicletta, che fossero investiti da una macchina, che finissero in un dirupo, che prendessero il raffreddore, che Luca fosse colpito da un attacco di asma, che sudassero troppo facendosi venire la febbre, che incontrassero il tasso o le volpi rabbiose, che si beccassero il tetano. Il tetano era in agguato in qualsiasi ferro arrugginito.

A peggiorare le cose c'erano gli impiccioni, le spie.

«Ti hanno visto correre con la bicicletta, in piazza» se n'era uscita un giorno la nonna, e Luca si era chiesto chi diavolo potesse averlo visto pedalare e poi si fosse preso la briga di andare a riferirlo. *Spione maledetto.*

"Ti hanno visto correre": manco avesse avuto una moto invece che un arrampichino pesante come un cancello. In qualche modo, però, era stato orgoglioso di sapere che qualcuno lo ritenesse capace di correre come un forsennato, così tanto che la sua famiglia meritava di essere messa in guardia.

In città nessuno poteva vederlo correre. Anzi, nessuno poteva vederlo e basta. Nessuno poteva riferire nulla della sua condotta, visto che non faceva niente, sempre tappato fra quattro mura.

Rispetto a nonna Ada, nonno Paolo era più allegro. Se ne andava in giro camminando veloce, anche se tutti gli dicevano di non affannarsi, perché aveva problemi di cuore. Ma lui aveva sempre da fare e non sopportava di star fermo.

Luca si chiedeva spesso se fosse così frenetico perché lo avevano tenuto in prigione per un anno in Germania, durante la guerra.

Il nonno aveva condiviso la cella con un soldato di Lamon, Rinaldo, e si erano fatti un giuramento: «Se usciamo vivi di qui, ci faremo reciprocamente da testimoni». Alla fine si erano salvati e, quando Rinaldo si era sposato, Paolo era andato a Lamon per fargli da testimone. Un viaggio epico, un pezzo in treno, uno in bus e l'ultimo a piedi, per venti chilometri.

In quell'occasione Paolo aveva conosciuto Ada, la testimone della sposa. Si erano fidanzati via lettera e sposati senza neppure essersi mai dati un bacio.

Il nonno non parlava volentieri di tutto quello che gli ricordava la Germania.

«Era malato e pesava quarantacinque chili, quando i tedeschi lo tenevano prigioniero. Lassù ha visto anche diversi commilitoni morire di malattia o essere uccisi per qualche punizione.»

«Li avevano catturati in battaglia?»

«No. I tedeschi avevano occupato la sua caserma e gli avevano chiesto se voleva combattere per la Repubblica di Salò. Ma tuo nonno, come tanti, aveva risposto di no. Per questo lo avevano mandato in Germania.»

Luca era rimasto un po' deluso di sapere che il nonno non aveva sparato a nessuno, anche se in fondo non se ne stupiva: era l'uomo più gentile che conoscesse, salutava tutti e, se incrociava una signora, si toglieva anche il cappello. Solo quando sentiva parlare dei tedeschi si incupiva. Guardando il tennis, per esempio, tifava sempre contro Boris Becker. E se c'erano i Mondiali, sperava che la Germania venisse eliminata.

«Sai com'è, Luca, io e i crucchi non andiamo tanto d'accordo» diceva.

Le storie di nonno Paolo riguardavano altre cose: il suo lavoro da ferroviere, il calcio e la Sampdoria, il periodo prima della guerra quando correva i diecimila. «Il mio allenatore era Dorando Pietri, quel maratoneta che aveva vinto le Olimpiadi arrivando stremato al traguardo, ma era stato squalificato perché i giudici lo avevano aiutato, sorreggendolo quando rischiava di svenire.»

La nonna Ada, invece, gli raccontava di quand'era piccola in quel paese di montagna dove la neve arrivava a due metri e dovevano scavare tunnel per raggiungere la porta di casa. E non c'era il riscaldamento, così le si congelava il moccio del naso. I soldi non bastavano mai, alcuni mangiavano solo polenta e per questo gli veniva il gozzo. Invece quelli che erano emigrati per lavorare in miniera morivano di silicosi.

La nonna andava a lavare i panni nel torrente che scorreva in mezzo alla piazza, prima che lo deviassero, e si buttava con la slitta giù dalla strada che portava a San Pietro, quando ghiacciava.

Era strano immaginare la nonna bambina e sentire com'era il paese molti anni prima. Forse gli anziani raccontavano tante storie per sentirsi di nuovo giovani.

Magari, da vecchio, anch'io racconterò ai miei nipoti di ieri sera e di quella cosa che ho visto nel bosco.

Invece no. Luca non avrebbe potuto raccontare un bel niente, finché non ci avesse capito qualcosa. Per questo non aveva detto nulla ad Alessio, evitando figuracce.

Ma quando si trovò da solo nel praticello davanti a casa dei nonni, con Ada che cuciva il bottone di una camicetta di sua mamma, la curiosità ebbe la meglio. Decise di prendere la cosa alla larga.

«Nonna, ma tu conosci qualche leggenda sull'Uomo Selvatico del bosco?»

Ada tagliò un filetto che spuntava dalla camicia, poi rispose: «Il Salvanel, dici?».

«Non lo so, forse sì.»

«L'era una storia che ci raccontavano sempre da tosatiei.» Quando si trasferiva in paese la nonna iniziava a mescolare il dialetto all'italiano. «È la storia di un folletto, chiamato "il Salvanel", che viveva nel bosco e lo difendeva. Si arrabbiava se toccavi qualcosa, se rompevi i rami o strappavi i fiori. Ma il féa anche dispetti, satu?»

«Dispetti?»

«Il se portéa via i tosàt pisoli.»

«In pratica li rapiva, quindi.»

«Sì. A volte per insegnargli i mestieri, come fare il pastore alle capre o preparare il formaggio. Poi li lasciava andare.»

«Ma era grande, questo Salvanel?»

«No, Luca, l'era pisol anca él. E vestì de ros. Così diséa i veci.»

Le parole sgorgarono come acqua che trovi finalmente una crepa nei tubi.

«Nonna, lo sai cosa mi è successo ieri?»

«No, carodadio. Dimmi.»

Luca si mise a raccontare. Fu allora che Ada mise giù ago e filo e lo fissò con gli occhi azzurrissimi socchiusi.

«Devi stare attento, in quel bosco.»

Lui si sentì impallidire.

«Perché? Per il Salvanel?»

La nonna esitò, come se stesse valutando quanto poteva dirgli. Poi parlò solo in perfetto italiano. Lo faceva quando era molto seria.

«Lascia stare il Salvanel. Quelle erano storie che raccontavano per far paura ai piccoli. Ma tu e Giorgio dovete stare attenti, davvero.»

Luca sentì che la tensione gli cresceva dentro come la barra di energia nel gioco di Daley Thompson.

«Perché, nonna?»

Ada sospirò. Sembrava che parlare le costasse fatica.

«Dieci anni fa, proprio quando è nato tuo fratello, qui è sparito un bambino. Si chiamava Antonio e aveva undici anni. Era andato a girare nei boschi vicino a casa vostra, anche se non si sa bene da quale lato. Era un bambino che camminava tanto, perché accompagnava sempre suo papà a pescare, al torrente o al lago. Conosceva un sacco di sentieri per arrivare da un bosco all'altro.»

«E cosa gli è successo?»

La nonna sospirò.

«Non si sa. Non lo hanno più trovato. Potrebbe essere caduto nel lago Senaiga, se è arrivato fino a lì, anche se era molto lontano. O è finito in qualche buco dall'altra parte, verso il Cismon.»

Luca non aveva la geografia del paese così chiara in testa da capire in che modo da un bosco si potesse arrivare a un altro, ma sapeva che era possibile. Erano tutti collegati, se conoscevi i sentieri. Ma se no, potevi ritrovarti chissà dove.

«Io penso che sia caduto da qualche parte, magari in una gola che non si raggiunge a piedi. Povero bimbo.»

La voce si incrinò e la nonna fece una pausa, piantando gli occhi azzurri in quelli del nipote. Anche Luca aveva gli occhi chiari: verdi, a differenza di Giorgio e dei genitori.

Gli piaceva credere che fossero un'eredità genetica del suo essere un po' veneto.

«Qualcuno pensò anche a un rapimento. Perché il lago era distante e, se Antonio fosse stato nel bosco vicino a casa vostra, prima o poi avrebbero dovuto trovarlo. Invece niente. Così i carabinieri fermarono un uomo. Si chiamava Franco, ma per tutti noi era Mussat.»

«Come "asino"?»

«Sì, asino, perché era andato a fare il muratore già alla tua età, ma prendeva sulle spalle carichi che erano il doppio del suo peso. Mussat era una specie di gigante, grande e grosso, ma un po'... strano, ecco. Non capiva proprio tutto, forse per colpa di una malattia che aveva avuto da piccolo.»

«Tipo tuo cugino Marcello?»

«Bravo. In quel periodo alcuni ragazzi del paese avevano visto Mussat nel bosco dov'era sparito il bambino, così i carabinieri lo hanno fermato, ma non avevano prove contro di lui.»

«Prove di cosa?»

«Che avesse rapito Antonio o... gli avesse fatto del male. Ma il bambino non era stato trovato: come si faceva ad accusare qualcuno? E di cosa? Comunque, Mussat fu rilasciato e di Antonio non si è saputo più niente.»

«E di Mussat?»

«Da allora è diventato ancora più strano. Andava sempre più spesso in quel bosco vicino a casa vostra. Si muoveva sui sentieri, evitando le strade.»

Luca s'immaginò quest'uomo enorme che vagava tra gli alberi e, per un attimo, fu assolutamente certo di aver visto proprio lui.

«Una volta lo hanno anche seguito per qualche giorno, ma non hanno trovato niente di inconsueto. Qualcuno diceva che Mussat non aveva mai smesso di cercare il bambino, per salvarlo.»

O per nasconderlo meglio!

«Ma io... io non lo so, ecco» concluse la nonna.

Adesso Luca si spiegava il perché del terrore sul viso della mamma e quelle mezze parole circa il fatto che dovevano chiamare i carabinieri. Sicuramente papà voleva metterli al corrente per via delle indagini sul bambino.

«E poi? Cosa è successo a Mussat?» insistette Luca.

«Non lo volevano più come muratore, la gente era sospettosa e tirava sempre fuori questa storia di Antonio. Qualcuno lo picchiò, in un'osteria. Allora ha smesso di lavorare e si è ridotto come un barbone, uno di quelli che ci sono nelle stazioni.»

Luca si sforzò di ricordare la figura del bosco. Aveva la barba? Perché lui i barboni se li immaginava con la barba lunga e la faccia nera e unta.

«Fino a un paio d'anni fa, lo vedevi ancora in piazza, nei giorni di mercato, a farsi dare qualcosa da mangiare. Aveva i capelli lunghi e aggrovigliati, la barba a ciuffi. Camminava a piedi nudi e li aveva così neri che sembravano fatti di asfalto. Poi, quando sua madre è morta e lui è rimasto solo, è scomparso chissà dove.»

Mussat. L'uomo nero. Sarà lui quello che ho visto?

Continuando a farsi questa domanda, Luca rientrò a casa. Era pomeriggio inoltrato e il cielo scuro era trafitto da lampi.

«Mi sa che stasera niente partita, amico» gli disse sconsolato Giorgio.

«Già.»

La mamma stava sistemando una pianta di salvia nel giardino.

Il telefono squillò proprio mentre Luca le passava accanto.

«Lascia, vengo io a rispondere» disse lei da fuori, ma Luca aveva già la cornetta in mano.

«Pronto.»

Non sentì nulla, dall'altra parte.

«Pronto. Chi parla?» insistette, ma non parlava nessuno. Eppure la chiamata sembrava attiva, come se ci fosse una persona che restava in silenzio all'altro capo del filo.

Luca rimase zitto e, per un attimo, si aspettò di sentire un ringhio.

Entrò la madre.

«Chi è?» gli domandò.

«Boh, non parla nessuno.»

«Metti giù, allora.»

«Ma secondo me c'è qualcuno! Dev'essere uno stronzo che fa gli scherzi!» disse a voce alta dentro la cornetta, ridacchiando per esorcizzare l'ansia che montava.

«Ti ho detto di mettere giù!» ripeté lei, e Luca riconobbe il tono di quando si stava alterando.

«Okay» e riagganciò, cercando ancora di sorridere.

Ma non ci riuscì.

6

«Davvero lo vuoi fare, Ale?» Luca si morse le labbra, fermo in piedi accanto al suo arrampichino.

«Certo. Non si accorgeranno di nulla, vedrai. E poi stamattina non c'è nemmeno tuo fratello. A proposito, dov'è?»

«Gli è venuto mal di denti e oggi mia madre lo porta dal dentista. Ascolta, Ale, ma se ci beccano?»

«Tranquillo che non ci beccano. Tu, però, coprimi. Devi fare la manovra diversiva, come ti ho spiegato.»

Luca fece un gran respiro. Gli sembrava di stare dentro un videogioco, ma non si divertiva.

«Okay. Entriamo, allora.»

Misero le bici sui cavalletti e varcarono l'ingresso dell'edicola, il loro obiettivo.

Dentro era troppo vuoto, c'era solo una signora.

Merda.

Per qualche secondo fecero finta di guardare le riviste di calcio e il "Guerin Sportivo". In copertina c'erano Vialli e Mancini con la maglia per metà della Sampdoria e per metà della Juve, e sotto: «Il grande sogno. La clamorosa operazione Samp-Juve-Fiat».

«Se prendiamo questi due, vinciamo tutto» disse Luca a voce alta per allentare la tensione.

«Guarda che è il numero vecchio, hanno già detto che restano alla Samp.»

«Secondo me invece l'avvocato Agnelli li compra. Me lo vedo già, Mancini con il 10.»

I giornali più spinti, tra cui "Le ore", stavano nascosti dietro, in alto: era impossibile allungarsi ad acchiapparli senza essere visti. Per questo avevano scelto "Blitz", che stava in un angolo nascosto, per non mettere la clientela troppo in imbarazzo. Di fianco aveva "Playboy" e dall'altro lato "Corna vissute": ma il primo aveva troppe pagine e un formato gigante, il secondo era un fumetto e non stuzzicava abbastanza le loro fantasie. Sulla copertina di "Blitz" Moana Pozzi ammiccava di tre quarti, il profilo dei seni si stagliava su un cielo sereno, i capezzoli affilati come spade sembravano balzar fuori dalla pagina, gli occhi erano socchiusi in un'espressione che alludeva a qualche misterioso, sconosciuto piacere.

Entrarono due vecchi, uno dei quali si appoggiava a un bastone, subito dopo una donna con la spesa.

«Dài, coprimi!» ordinò Alessio sottovoce e Luca eseguì. L'amico fu rapidissimo: prese "Blitz" e se lo infilò sotto la maglietta in modo che l'elastico dei pantaloncini lo schiacciasse contro la pancia. Luca sentì una scarica di adrenalina. Alessio uscì camminando incurvato e tenendosi lo stomaco come se gli facesse male. Luca gli andò dietro, saltarono sulle bici e scapparono verso via Ferd. Appena furono abbastanza lontani dall'edicola da essere certi che nessuno li vedesse, iniziarono a ridere senza riuscire più a smettere.

«Com'è che hai fatto?» chiese Luca imitando il gesto dell'amico.

«Hai visto che mossa? Se volevo, potevo portarmene via altri due!»

«Ma ci pensi, se ci correva dietro?»

«O magari il vecchio gridava "al ladro" e ci inseguiva col bastone!»

Andarono verso il campo da calcio, ma stavolta non si fermarono sul prato, proseguirono oltre l'edificio della scuola media per arrivare su una stradina sterrata. Poggiarono le bici contro il muro e Alessio tirò fuori il giornalino sollevandoselo sopra la testa come Franco Baresi con la Coppa dei Campioni dopo la finale contro la Steaua Bucarest.

«Siamo grandi!» esultò.

Lo sfogliarono subito, in piedi, Alessio girava le pagine e Luca, accanto a lui, guardava.

«Madonna, che pere! Ma sai a metterci la testa?» disse Alessio. Luca notò che si era portato la mano in mezzo alle gambe, per darsi una sistemata. Ma la mano indugiava.

Strofinava un po' troppo.

«Oh, ma che fai?» gli disse, tirandogli un mezzo calcio. Si sentiva a disagio. Certe cose non voleva vederle e nemmeno saperle. Erano faccende private.

«Scusa, è che mi è venuto duro» spiegò l'altro, molto più disinibito di lui. Anche Luca sentiva una pietra tra le gambe, ma non lo disse, anzi sperò che i pantaloncini non rivelassero nulla.

Guardarono il giornalino dall'inizio alla fine e ci trovarono un lungo servizio su Moana e uno su Samantha Fox, poi foto di Sabrina Salerno e Carmen Russo e altre ragazze straniere che non conoscevano, ma di cui presto avrebbero imparato i nomi a memoria. In fondo c'era Serena Grandi messa di tre quarti, con le braccia che stringevano i seni, facendoli esplodere.

«Ma quanto sono grosse? Avrà la settima!» disse Alessio.

«Davvero» concordò Luca, che di taglie di reggiseno non sapeva nulla.

Lo sfogliarono avanti e poi indietro, lentamente, come volessero fissarsi in testa ciascuna di quelle immagini. E succedeva proprio così: una gigantesca macchina fotografica imprimeva i contorni di quei corpi dritti nei loro cervelli. Quei seni, alcuni turgidi e sodi, altri morbidi come cuscini, quei fianchi sottili e invitanti, quei ciuffi di pelo scuro che si intuivano fra le gambe.

Luca aveva già sfogliato riviste anche più esplicite, a scuola, sempre di straforo. Ma a lui piacevano di più i mezzi sorrisi e le camicie sbottonate, le cerniere un po' aperte che lasciavano intravedere sotto. A casa teneva nascosto un quadernone pieno di foto simili, strappate dai giornali della nonna e delle altre signore del vicinato. Di solito lasciavano le riviste sulle sedie che tenevano in cortile o sulle sdraio in giardino, allora lui le faceva sparire non appena loro si distraevano o compravano il numero nuovo. Le sue prede si chiamavano "Novella 2000", "Eva Express", persino "Postalmarket", che valeva doppio, perché aveva molte più pagine degli altri giornali.

Solo che tutta quella refurtiva occupava spazio e poteva incastrarlo, se fosse stata scoperta, dunque bisognava fare una selezione. Luca strappava le pagine e le metteva nel quaderno che teneva nascosto in camera, sotto l'album di figurine e altra roba di scuola.

Quand'era solo lo apriva e si toccava. Ma non si masturbava: in realtà si gingillava furiosamente, quasi dovesse placare una bestia feroce, però la cosa finiva lì e non era mai successo quello che raccontavano i suoi compagni a scuola.

Mi sono fatto una sega. Sono venuto. Ho schizzato ed era bianco. Era tutto appiccicoso. Se mi becca mia madre sai che casino! Su e giù, su e giù. Me ne sono fatta una in bagno e mio padre ha bussato, sai se entrava? Sai che schifo, l'odore? Ho dovuto pulire tutto. Che bello.

Sentiva frasi simili a decine, ogni giorno, e fingeva di capire. *Cercava* di capire. Le sentiva soprattutto da Roberto, che ogni giorno raccontava di quante seghe s'era fatto e poi parlava di altri che se ne facevano così tante da svenire o che non riuscivano più a smettere, come drogati.

«Bisogna stare attenti, sennò diventi schiavo. Se te ne fai troppe, rischi un infarto!»

Ma Luca non ci capiva molto.

Sapeva solo che, da un certo momento in avanti, i corpi delle donne avevano iniziato a fargli un effetto strano, come gli fosse cresciuto dentro un tarlo che mordicchiava impaziente. Prima guardava *Drive In* ogni domenica per vedere il Tenerone e Vito Catozzo. Poi si era scoperto ad aspettare che comparissero Carmen Russo e Tinì Cansino con le mani fredde e il cuore che batteva più forte.

Ma le scenette in televisione duravano pochi secondi, invece le foto poteva guardarsele per interi minuti, le rare volte che era solo e sicuro di non essere beccato.

Le guardava e si toccava, ma non voleva diventare un drogato o farsi venire un infarto tipo Julian Ross, il campione della Mambo. Luca era rimasto tremendamente impressionato dalla puntata di *Holly e Benji* in cui Julian aveva avuto un attacco cardiaco. Sullo schermo era apparso il suo cuore che si spaccava in due come una noce.

E poi in che modo funzionavano, per davvero, queste benedette seghe? Cosa significava venire? Bastava toccarsi forte e sentirsi caldo, come gli capitava le sere in cui suo padre lavorava in studio e lui poteva restar sveglio per vedere la sigla iniziale di *Colpo grosso*? Ma no, non poteva essere solo quel toccarsi, visto che tutti parlavano del famoso schizzo bianco. Ma era tanto o poco? Usciva con un getto oppure lentamente? Magari era già successo senza che lui se ne accorgesse! Magari si faceva le seghe senza saperlo ed era già schiavo di quel vizio assassino!

Gli servivano spiegazioni che non aveva il coraggio di chiedere. Non voleva sembrare stupido con gli amici e parlarne con un adulto era fuori discussione.

E il sesso? Scopare. Come sarà scopare?

Sognava di accarezzare i corpi di quelle ragazze, stringere le loro tette morbide e grandi. Attiravano la sua attenzione ovunque fosse: per strada, nei negozi, a scuola. Se doveva diventare un drogato, la sua droga sarebbero state le tette.

Una cosa la sapeva con certezza, però: per scopare bisognava mettere il pisello – *Il cazzo, Luca, gli altri dicono il cazzo, impara anche tu* – dentro una ragazza. Nella figa, diceva Roberto. Ma come si faceva, a mettercelo? Si doveva spingere o si scivolava dentro? Bisognava mettercelo da duro? Faceva male, a infilarlo? E le ragazze? Cosa sentivano le ragazze? Domande, domande, ancora domande e nessuna risposta.

«Lo vuoi tenere tu?» gli chiese Alessio distogliendolo dai suoi pensieri.

«Io? Cosa?»

«Come, cosa? Il giornale, no? Tienilo tu, che mia nonna mi sta sempre addosso. L'altra volta mi ha beccato mentre guardavo *9 settimane e ½* in tivù ed è impazzita, mi ha staccato il cavo dell'antenna, la stronza.»

«Davvero?»

«Eh sì. Mia nonna c'ha la mania, come tutte le vecchie. Ha detto che non servono questi film sconci, per farselo tirare. Proprio così ha detto, tirare. Sono dovuto scappare via per non riderle in faccia!»

Luca non rispose nulla. Non ce la vedeva, nonna Ada che parlava di farselo tirare. E nemmeno mamma. Solo a pensarci s'imbarazzava, cavolo. Non voleva pensare a certe cose e insieme a sua mamma. Non doveva mai mischiare quei pensieri, era proibitissimo. Bastava l'idea a farlo sentire in colpa.

«Allora? Che fai lì imbambolato? Lo prendi tu?» insistette Alessio sventolandogli i capezzoli di Moana sotto il naso.

«E va be', lo prendo io, dài!» acconsentì Luca, fingendo di non essere turbato dal fatto di custodire in casa quel tesoro, bottino della loro ardita impresa. Il pensiero di avere tutta per sé quella raccolta di foto gli metteva le farfalle nello stomaco.

Anche quando pensava a Chiara aveva le farfalle. Era un po' emozionato, un po' ansioso e un po' contento. Ma con lei era diverso. Eppure era anche simile, in qualche modo. Insomma, un casino.

Però, mentre pedalava verso casa, pensò più a Moana Pozzi che a Chiara.

7

Quel pomeriggio che sembrava così uguale a tanti altri, prese una piega imprevista dopo pranzo, quando suo padre andò a riposare.

«Ho paura che mi stia arrivando un altro mal di testa, magari se mi sdraio si ferma.»

Lui e la mamma si scambiavano qualche parola più di prima. Le aveva anche dato un bacio mentre lei serviva i sofficini al pomodoro e la madre aveva ricambiato con un sorriso. Ma quel sorriso aveva ricordato a Luca il sole di Lamon durante le vacanze di Capodanno. Un sole pallido, incapace di scaldare.

È stata colpa mia? Sono stato io a incasinare tutto?

Ma no, non era così. Ormai quando i suoi passavano del tempo insieme – e di solito non era tanto – parlavano di cose pratiche e basta: la spesa, il dottore, la bolletta da pagare in posta, il pranzo dai nonni, le pulizie, la macchina, la scuola, il bagno da sistemare. E scherzavano meno di prima. Molto meno. Se facevano una battuta, non era divertente. Anzi, suonava velenosa. I loro sorrisi erano amari, privi di affetto. Luca non sapeva dire quando le cose avessero iniziato ad andare così, ammesso che esistesse un inizio preciso.

Forse dopo il periodo dei poliziotti sotto casa? Ma sono già passati quattro anni, allora! Così tanto? Oppure sono solo nervosi per la storia del bosco e di Mussat? No. Secondo me c'è altro che non mi vogliono dire.

Mentre il padre andava a coricarsi, la mamma uscì per portare Giorgio dal dentista, a Feltre. Il dottore li aveva infilati eccezionalmente alle due e mezza, prima di tutti gli appuntamenti, perché al telefono lei aveva insistito. Era sempre apprensiva riguardo alla loro salute. Doveva essere a causa dei guai che Giorgio aveva avuto appena nato.

«Tuo fratello, l'hanno strappato alla morte» gli aveva detto una volta il nonno paterno Pino, che abitava a Genova, e a Luca era sempre rimasta in testa un'assurda fantasia: che la morte, incazzata perché le avevano tolto dalle grinfie una preda che aveva già agguantato, potesse tornare a prendersi Giorgio.

Oppure prende me, per pareggiare i conti.

«Tu stai in casa finché non si sveglia papà, eh.»

«Nemmeno un giretto in bici, ma'? Perché?»

«Dopo l'altra sera non siamo tranquilli, io e tuo padre.»

Ci metteva sempre in mezzo lui, quando un suo divieto poteva suonare discutibile, ma suo padre non gli avrebbe mai negato il permesso di girare per Lamon. Che senso aveva? In fondo l'episodio del bosco era capitato dietro casa! Comunque, di sicuro dopo quella figuraccia Luca non era in condizione di trattare, almeno per un po'. E, in fin dei conti, di uscire quel pomeriggio nemmeno aveva voglia.

Aveva un appuntamento con il suo giornaletto.

Mentre la madre si preparava, Luca sentì crescere un'attesa febbrile. Appena la casa fu immersa nel silenzio, andò in camera. Incastrata sotto il materasso, la copia di "Blitz" sembrava parlargli.

Forza, Luca, che aspetti? Tirami fuori di qui e dammi un'occhiata!

Si sentiva come Ulisse, quando le sirene lo chiamano. Solo che nessuno poteva legarlo per costringerlo a resistere, e allora cedette: tirò fuori "Blitz" e si sdraiò sul letto, di pancia. Sfogliava il giornalino poggiato sul pavimento, dando le spalle alla porta. Una posizione accuratamente studiata: se fosse entrato qualcuno lo avrebbe fatto scivolare sotto il letto.

Era solo, solo con le ragazze. Il respiro accelerò, costretto dentro i polmoni. Controllò sul comodino che lo spray per l'asma fosse al suo posto.

Non devo agitarmi troppo. Lo dicono, che può far male. Chissà se anche agli altri succede così. Se c'è qualcuno a cui viene l'asma quando gli diventa duro.

«Devi abituarti all'asma. È meglio se non ti affatichi tanto» gli aveva spiegato la mamma. Era lei, il loro vero medico, e ascoltandola Luca aveva imparato a conoscere i nomi dei farmaci e i relativi effetti. Ventolin, si chiamava lo spray per l'asma, un broncodilatatore. Poi c'era quello per il naso, il Vibrocil. La Novalgina se gli veniva mal di testa, come a papà, e il Buscopan per il mal di pancia.

Guardando le foto di Moana ficcò la mano destra tra il suo corpo e il materasso e prese a muoverla nel solito modo confuso. Intanto spingeva con il bacino, affondando il corpo nel letto.

Era piacevole, andò avanti. Dopo c'erano le foto di Samantha Fox, la cantante inglese. Le sue tette erano ancora più grandi di quelle di Moana. Luca continuò a toccare e strofinare.

Poi, una certa Nancy, un'americana in costume abbronzata e scura. Luca toccò e toccò ancora, mentre i suoi occhi si perdevano in quelle curve, il sudore gli bagnava la schiena e l'immagine della camera intorno si perdeva.

Arrivò in fondo al giornale, dove c'era Sabrina Salerno con una maglia trasparente. Infine, la foto di Serena Grandi con solo le calze a rete e il resto del corpo nudo.

Luca continuò a toccarsi, sempre più forte, provando una sensazione di calore che continuava a crescere, diventando invincibile.

E di colpo accadde: Luca perse il controllo del suo corpo. Lì sotto qualcosa iniziò a pulsare e, per quanto lui tentasse di fermarlo, si rese conto che non poteva. Non più, ormai.

Pulsò una, due, tre, quattro, cinque volte, mentre lui sentiva qualcosa che scivolava via e i suoi occhi si socchiudevano e la mano smetteva di toccare, perché non serviva, anzi dava fastidio. Ora il suo corpo bastava a se stesso.

Luca affondò la faccia nel copriletto sottile, mentre il sussulto si fermava e quella sensazione dal bacino si irradiava verso i piedi e le mani e la testa, riempiendolo, poi, piano, placandosi.

Rimase immobile almeno un minuto, come un soldato paracadutato in territorio nemico che teme di muoversi per paura che un cecchino lo abbatta.

Con cautela, infilò una mano dentro le mutande.

Non capì tutto, ma seppe con certezza che, da quel momento in avanti, la sua vita non sarebbe stata più la stessa.

8

Luca indossò la giacca di jeans e si diede uno sguardo veloce nello specchio della cameretta che divideva con Giorgio.

«Amico, allora tu vai al campo? Potrei venire anch'io. Non ho più mal di denti...»

«La mamma non vuole perché hai preso l'antinfiammatorio, Gio'.»

«Che rottura!» Giorgio guardò fuori con l'aria di un condannato all'ergastolo.

«Tanto ci andiamo anche domani!» provò a consolarlo Luca. Ma, a dieci anni, "domani" è un tempo lontanissimo.

«Chi lo sa» piagnucolò Giorgio.

Allora a Luca venne un'idea.

«Comunque stasera mica si gioca.»

«Ah no? E come lo sai?»

«Quando tu e la mamma non c'eravate sono uscito.»

«Ma dovevi restare a casa!»

«*Shhh*, che ci sentono! Non devi dirlo a nessuno.»

«E dove sei stato?»

«Ho fatto solo un giro veloce in piazza» mentì Luca.

«Ho visto David e mi ha detto che non ci sono nemmeno Christian e Samuele. Non ce la facciamo a giocare. Io vado solo a cercare le ragazze.»

Giorgio fece una smorfia schifata.

«Meglio stare qui, allora.»

«Infatti. Ci vediamo dopo.»

«Sai che ogni tanto guardo il bosco, dalla finestra? Controllo che non ci sia l'Uomo Selvatico» gli disse suo fratello, tutto serio.

Luca deglutì. «Ma quindi l'hai visto anche tu?»

«Non lo so, amico. Era buio. Però l'ho sentito. Ho sentito che c'era qualcuno.»

Quelle parole agitarono Luca.

«Non ci pensare troppo. Magari ha ragione papà e io mi sono sbagliato.»

Giorgio corrugò la fronte.

«Tu non ti sbagli su queste cose» disse con convinzione, e andò a guardare fuori.

Luca si sentì orgoglioso che qualcuno credesse in lui, anche se era solo un bambinetto testardo. Gli diede una carezza sulla testa piena di capelli.

«Comunque prima o poi lo vedrò.»

«Chi?»

«Il tasso!» disse Giorgio.

«Forse è lui che hai sentito, l'altra sera.»

Al campo della scuola Luca trovò Alessio, ma mancavano Samuele e Giacomo. Così alla fine la partita saltò per davvero e finirono da Angela a giocare a ping-pong. Mentre Luca sfidava David, arrivò Marica. Era con un'altra ragazza, ma non si trattava di Chiara. Era Sara.

Si misero a guardarli giocare ma, nonostante le smorzate spettacolari di David, l'interesse delle ragazze durò pochissimo: il ping-pong era menoso per chi ci giocava, figurarsi per il pubblico. Luca vinse David anche se lui era più bravo, perché voleva strafare e sbagliava colpi semplici.

Mentre cedeva la sua racchetta ad Alessio per la sfida con Christian, Marica chiamò Luca da parte con un cenno della testa.

«Ci vieni alla pizza di venerdì?» gli domandò. Indossava una maglia molto stretta, quella sera, e per la prima volta Luca si rese conto di quanto le fossero cresciute le tette. Pensò a "Blitz", al pomeriggio sul letto, a Sabrina, Moana, Serena. E al corpo reale di Marica.

Ma sei fuori? È Marica, la conosci da anni, siete amici!

Marica non gli piaceva. Aveva gli occhi tondi, le mani cicciotte e le gambe un po' sgraziate.

Chiara, invece. Chiara aveva gli occhi allungati, le mani sottili e le gambe perfette, abbronzate. I pantaloncini le stavano benissimo. Forse aveva le tette piccole, non si capiva. Ma non importava. Chissà, magari le sarebbero cresciute.

Luca pensò tutte queste cose nella frazione di secondo che Marica lasciò passare prima di insistere.

«Guarda che ci divertiamo! Devi venire, tanto rientriamo presto, tua madre non romperà.»

Una volta si era lasciato scappare che lei lo stressava con gli orari: avrebbe voluto cancellare quell'errore, perché di fronte agli amici avere una mamma severa era un marchio insopportabile.

«Ma che dici? Il problema non è mica mia madre. Lei mi fa andare dove voglio. Dipende da chi viene.»

«Praticamente ci siamo tutti! Anche Samuele. E Chiara.»

«Anche lei?» gli sfuggì, ma si corresse. «Cioè, anche loro? Non pensavo.»

«Sì, sì, vengono. Non puoi mancare, non lasciarmi sola con quello lì!» disse indicando Alessio con un cenno del mento, sottovoce. Intanto il suo amico schiacciava una pallina facile facile, eppure mancò clamorosamente il punto e si buttò in ginocchio, mani tra i capelli, strillando: «Nooo!».

«Ma che avete tutti contro di lui?»

«Se la tira tanto perché viene da Torino e per 'sta storia di Umberto Tozzi. Ma è solo uno sfigato» spiegò Marica. Poi, in modo del tutto inaspettato, gli prese una mano. «Dài, fai il bravo, vieni...» gli disse fissandolo con quei suoi occhi troppo tondi, ma mentre lo diceva si mosse e il seno ondeggiò dentro la maglietta attillata.

«Sì, okay, vengo, va bene» balbettò Luca, sforzandosi di non guardare.

Marica sorrise e il volto le s'illuminò. «Fantastico» cinguettò e corse subito da Sara a parlottare fitto.

Fu un sollievo liberarsi di lei e di quelle tette che lo tormentavano.

In giardino Luca trovò il fratello che palleggiava da solo, nonostante fosse ormai quasi buio.

«Dài, alzamela, che tiro la bomba!» gridò arrivando di corsa.

Giorgio obbedì e alzò il pallone.

«Vai!»

Luca calciò al volo, con tutta la forza che aveva. Il Super Tele, leggerissimo, prese una traiettoria così assurda che sembrava una schiacciata di Mila Hazuki, e s'infilò tra gli alberi. Rimbalzò su alcuni rami e rotolò giù, sparendo alla vista. Nessuno disse nulla, i due fratelli si guardarono e basta.

Intorno i grilli frinivano forte. Da casa arrivava l'audio di Rai 1.

Luca esitò, sentendosi gli occhi di Giorgio addosso.

Forza. Vai a riprendere quella palla. Non c'è nessuno.

Fece due passi verso il bosco.

«No, amico! Non ci andare!» lo trattenne Giorgio.

«Ma è il tuo Super Tele, Gio'.»

Il fratello alzò le spalle.

«Non importa, lascialo lì. Vedrai che lo prendiamo domani. Oppure ne compriamo un altro.»

Luca rifletté.

Non avrai mica paura?

Guardò l'inizio del sentiero che si inabissava fra i tronchi e cercò il coraggio per andare a prendere quel cazzo di pallone, perché voleva essere almeno l'eroe di suo fratello.

Doveva esserlo.

Che aspetti?

«Amico, non voglio che ci vai» ripeté Giorgio con la determinazione di un adulto.

«Okay, come vuoi tu» fece Luca dicendosi che non rinunciava per paura, ma solo per far contento lui.

Mentre rientravano, però, aveva la testa bassa.

9

Alle nove e mezza di mattina Luca spinse la sua bici fuori dal cancello di casa.

Incontrò il piccolo Rudi. «C'è Giorgio?»

«Sì. Va' pure in giardino, tra due minuti scende» gli disse, poi saltò sull'arrampichino e pedalò più veloce del solito in direzione della piazza.

Il giovedì, a Lamon, era un giorno speciale, atteso per tutta la settimana. Quasi come la domenica e persino di più.

Era giorno di mercato.

In realtà il mercato di Lamon era minuscolo: le bancarelle non erano più di dieci e si disponevano in piazza e all'inizio di via Resenterra, le une di fronte alle altre. La più grande era quella dove si vendevano coltelli da caccia che sembravano quelli di Rambo, canne da pesca, stivaloni verdi, vestiti mimetici, pistole ad aria compressa. I ragazzini si fermavano lì davanti, a fissare oggetti per comprare i quali non avrebbero mai avuto abbastanza soldi né coraggio.

Anche se un cartello all'inizio del paese ricordava che Lamon era la TERRA DEL FAGIOLO, l'unica cosa che non si trovava al mercato erano proprio i legumi che rendevano celebre il paese. Erano deliziosi e a Luca piacevano tantissimo cucinati con il sugo, come quelli che mangiava Terence Hill in *Lo chiamavano Trinità*...

Tutti i lamonesi avevano un campo, grande o piccolo, a volte un fazzoletto minuscolo di terra. Ovunque andassi vedevi un tronco di legno con la sua pianta di fagiolo attorcigliata intorno. Dopo il periodo del raccolto, fuori dalle case spuntavano cartelli con scritto «Qui fagioli» e ognuno smerciava i suoi. Per questo i lamonesi non sopportavano i foresti che cercavano di spacciare legumi di altre zone per prodotti del loro altopiano. Francesco Cotoletta, lo zio di David, era famoso per aver rovesciato tutti i sacchi di fagioli di un ambulante di Venezia urlandogli: «Pensa alle gondoe, ma i fasòi làgheli star, dioscatenato!».

Più cresceva e più Luca era ammirato dalla fantasia con cui i lamonesi inventavano bestemmie. A Genova l'intercalare più comune era "belin", che andava bene in ogni situazione.

In Veneto, invece, si usava la bestemmia, ma quest'abitudine a Lamon toccava picchi di genialità. In dialetto lo chiamavano "porconare", ma i lamonesi non si limitavano alle banali bestemmie. In base al contesto o al grado di forza dell'imprecazione potevano usare accostamenti creativi tra Dio e animali come il lupo, l'orso, il serpente.

Una volta Luca aveva sentito anche un azzardato "dio-pino" e si era immaginato un albero immenso con le fattezze del Creatore.

Nelle bestemmie lamonesi Dio poteva essere la vittima – "appeso", "povero", "scannato" – o il carnefice – "boia", "canaglia", "assassino". La vetta insuperabile era "diobastone", che racchiudeva insieme l'insulto e la punizione.

A Lamon, Dio se la vedeva brutta.

Luca arrivò al mercato fiducioso di trovare qualche amico, da solo o costretto ad accompagnare i genitori, ma quella mattina era un mortorio. Di Alessio nessuna traccia e non si vedeva neppure quel bisonte di David, che si alzava sempre tardi.

Sperava con tutto il cuore di incrociare Chiara, ma ovviamente non c'era.

Un po' di fortuna mai, eh?

Chiara si vedeva davvero poco in giro, e sempre con Marica o altre amiche.

Già, Marica. Luca non sapeva se voleva incontrarla o meno, dopo l'invito che gli aveva fatto due sere prima al ping-pong. Una domanda lo tormentava:

Mi sta dietro?

Ma va', era solo un'impressione. Però anche Alessio aveva notato qualcosa e quando lei gli aveva preso la mano al bar...

Non pensarci.

Suo padre gli aveva chiesto di non farsi scappare il "Corriere della Sera".

«Mi raccomando, non dimenticarti.»

«E se lo finiscono?»

«Allora prendilo subito, cazzo!» gli era sfuggito, e Luca era rimasto impressionato dal tono aggressivo. Non capiva perché ci tenesse tanto.

Forse è nervoso perché gli sta tornando il mal di testa. Speriamo di no.

Andò in edicola, con l'intenzione di comprare anche "Tuttosport" per leggere del calciomercato della Juve. Temette che qualcuno lo riconoscesse come il ladro di "Blitz". Prese un lungo respiro e andò al banco a chiedere i due quotidiani. Per camuffarsi avrebbe voluto indossare una parrucca e i baffi finti, come nei film, visto che gli pareva di avere una gigantesca freccia rossa sospesa sopra la testa che lo indicava: "È lui! È quello che l'altro giorno si è rubato 'Blitz' con l'amico! L'ha preso per farsi le seghe!".

Si sentì arrossire fin sopra i capelli, ma tutto filò liscio e Luca uscì con addosso un misto di eccitazione e sollievo per lo scampato pericolo.

Se papà sapesse che ho rubato qualcosa, mi farebbe un culo così.

Ma non lo avrebbe mai saputo, era un segreto suo e di Alessio. Coi giornali sottobraccio Luca andò a sistemarsi su una delle panchine vicine al Duomo.

Era la chiesa dove si celebravano tutte le messe, anche se ce n'erano altre due: quella sconsacrata di San Daniele e quella di San Pietro, che dominava il paese dalla collina omonima. Era il campanile squadrato di San Pietro a suonare la fine delle partite di calcio alle nove di ogni sera.

Su quelle stesse panchine Luca si piazzava la domenica mattina per osservare le persone che entravano e uscivano dalla messa, tutte vestite eleganti, anche i ragazzi. Lui era uno dei pochi che non doveva andare a messa, perché sua madre non sopportava la religione: la nonna Ada l'aveva cresciuta tra preti e suore e lei non voleva più sentirne parlare.

Chissà se finirà che mi staranno sulle palle i dottori, visto che mamma mi assilla sempre con malattie e medicine.

Era ben grato di evitare prediche e preghiere. Già a scuola, durante l'ora di religione, non sopportava di sentir parlare di un Dio che creava questo e quello come avesse la bacchetta magica. Chi volevano prendere in giro? Non avevano studiato il Big Bang?

Gli dispiaceva solo non avere una scusa buona per vestirsi meglio la domenica, senza sentirsi ridicolo.

Quel giovedì mattina, però, anche coi pantaloncini da tennis e le scarpe da ginnastica, si sentiva abbastanza elegante e, soprattutto, molto adulto. Come papà e nonno poteva sedersi su una panchina a leggere il giornale. A Genova una cosa del genere non se la sarebbe nemmeno sognata, anche perché lì non esistevano panchine.

Solo strade, attraversamenti, macchine, marciapiedi, ma panchine no, mai.

Per un istante gli venne la curiosità di sfogliare il "Corriere" e provare a capire cosa interessasse tanto a suo padre.

Ma si parlava di arresti dopo le manifestazioni in Cina, quelle in piazza Tienanmen, dove erano morte delle persone. Poi di Andreotti che presentava il nuovo governo, delle donne socialiste che si lamentavano perché c'erano troppi colleghi uomini alla guida del Paese.

Che noia.

Aprì "Tuttosport", che dedicava due pagine al calciomercato appena chiuso: la Juve doveva ancora risolvere il caso del centrocampista Zavarov, emarginato dopo una stagione pessima, ma si era già lasciata scappare Vialli, Mancini, Dunga e Müller, ripiegando su Casiraghi e Schillaci.

Ma dove andiamo con 'sto Schillaci?

L'Inter si era rafforzata con Klinsmann, il Milan aveva riserve di lusso tra cui Stefano Borgonovo, la Fiorentina si era tenuta Baggio.

I viola non lo venderanno mai, Baggio. Mai.

«Inutile che leggi, tanto anche quest'anno non vincete niente!» sentì dire Luca, e abbassò il giornale. Davanti a lui c'era Samuele, gli occhiali da sole sul viso e i capelli lunghi legati in un codino dietro la nuca. Indossava i jeans e una maglietta nera, entrambi della Levi's.

«Sì, mi sa che hai ragione» balbettò lui, ancora confuso per la sorpresa.

«Noi siamo troppo forti, con i tedeschi. Mi piace anche il Napoli. Ha comprato uno della serie C che si chiama Zola e dicono sia un fenomeno. Che facevi?»

«Niente, davo un'occhiata al giornale e vedevo se passava qualcuno.»

«Ed è passato?»

«Nessuno. Tu sei venuto a piedi?»

«No, ho il motorino parcheggiato davanti all'edicola.»

Rimasero qualche secondo in silenzio. In effetti, se si spostavano dal discorso calcio, lui e Samuele non avevano molto altro da dirsi e neppure la confidenza per farlo. Ma Luca ci provò lo stesso.

«Mi hanno detto della pizza di domani.»

«Sì, anche a me. Vieni?»

"Se i miei genitori mi lasciano" avrebbe dovuto rispondere. Ma un «Penso di sì, anche se a me la pizza non piace tanto» fu il meglio che trovò.

Samuele alzò un poco le spalle, per dire che non era importante. Chissà se si riferiva alla pizza o a Luca. Se ritenesse la sua presenza...

Trascurabile.

Si staccò dalla panchina e fece qualche passo tra le poche macchine parcheggiate.

«Hai visto che figata? È la macchina di Patrick!» disse indicando un'auto nera coi fari tondi di cui Luca nemmeno si era accorto.

«Eh sì, bella.» Luca si avvicinò. «Che macchina è?»

Samuele abbassò gli occhiali da sole sul naso e lo guardò come fosse uno dei Visitors.

«Che macchina è? Ma in che mondo vivi? È una Golf GTI 16 valvole! Una bomba!»

Luca accennò un sorriso imbarazzato e si sentì le orecchie scottare. Gli altri ragazzi parlavano di macchine che lui non conosceva, perché suo padre aveva da dieci anni la stessa Citroën CX tutta rovinata, azzurrina come i pigiami dei neonati. Sebbene non avessero certo problemi di soldi, non aveva mai pensato di cambiarla. Gli interessava solo il lavoro, di comprarsi *una bomba di macchina* non gli fregava nulla. «Basta che vada!» Ma quando percorrevano strade tortuose a Luca veniva la nausea, gli sembrava di stare su un traghetto di Venezia.

«È perché ha le sospensioni morbide» diceva suo padre, ma Luca non aveva idea di cosa fossero, le sospensioni. La CX gli sembrava orrenda, troppo lunga e con tutte quelle linee curve, ma la sua era solo una valutazione estetica, perché di macchine non sapeva niente, non conosceva i modelli e nemmeno le case automobilistiche.

«Appena prendo la patente mi faccio comprare la Golf pure io. Anzi, mio padre ha detto che quando compio diciassette anni mi fa già provare la sua Audi» disse Samuele.

«Wow» fece Luca, chiedendosi che aspetto avesse un'Audi. Suonava come una roba da vecchi, comunque.

Gli altri giravano sui motorini o, a seconda dell'età,

aspettavano che i genitori glieli comprassero. Lui invece non avrebbe mai cavalcato altre due ruote oltre a quelle del suo arrampichino. Loro mettevano i Levi's, lui le braghe corte. Loro in tasca nascondevano le sigarette, lui ci teneva lo spray per l'asma.

Samuele si schermò gli occhi dai raggi del sole con una mano, per guardare dentro l'abitacolo.

«È tutto in pelle, pure il volante. E ha anche l'autoradio con le cassette!»

Luca la sognava, un'autoradio sulla Citroën! L'ultimo viaggio per salire a Lamon era durato cinque ore: in sottofondo, soltanto la musica dei battibecchi fra i suoi.

Arrivò a grandi passi un ragazzo in canottiera, con un orecchino a croce sul lobo destro e una grossa collana sul petto. Aveva uno stuzzicadenti in bocca e stivali luccicanti ai piedi.

«Ciao, bòcie» disse salutando i due ragazzetti, che si allontanarono dalla macchina con uno scatto.

«Ciao, Patrick» rispose Samuele, deferente.

Luca avrebbe voluto aggiungere: "Bellissima macchina, complimenti!". Ma rimase zitto, e così quella frase la disse Samuele al posto suo.

«Grazie. Se te ol, se fon an giro. Andon ja 'nte la campagna. Dièse minuti e son qua, tranquillo» rispose Patrick in dialetto e Luca poté vedere gli occhi di Samuele spalancarsi anche sotto le lenti scure.

«Che figata!» disse Samuele, ed era già dentro la macchina.

«E il tó amigo? Nol jen?» gli chiese Patrick mettendosi al volante e indicando Luca con un cenno del mento.

Samuele scrollò le spalle un'altra volta.

«Laga star, quel là nol capìs nient de machine.»

La Golf si accese con un ruggito e Luca rimase lì a guardarli andar via. Accennò pure un saluto, cui i due risposero con un mezzo cenno del capo, prima di lasciarlo da solo, i giornali sottobraccio e il morale sotto i tacchi.

10

Dopo l'incontro con Samuele, Luca salì in bicicletta e se ne andò a girare per la campagna da solo, cercando di riprendere un po' di fiducia in se stesso. Pedalava senza mani e tenendo al petto i giornali, con noncuranza, come fosse la cosa più facile del mondo. In fondo, lo era. Che meraviglia, quella sensazione di poter controllare anche senza avere il controllo.

Si guardava intorno, il cielo era sereno e di un blu che in città non pensavi nemmeno esistesse. Le montagne erano dipinte del verde scuro degli abeti. Il monte Coppolo, squadrato, ricordava una fortezza inespugnabile eretta per difendere il paese. Luca sperava di arrivare, un giorno, a toccare la croce di ferro che si stagliava sulla cima, a duemila metri. Ci era andato vicino, con una gita organizzata dal Club Alpino per i più piccoli. L'ultimo pezzo, però, era troppo ripido, una sorta di parete verticale. Potevi risalirla solo attraverso una via ferrata e con le corde da alpinista.

Samuele ha raggiunto la croce, su in cima. E anche David, gli disse una voce dentro la testa, ma lui non le diede retta.

Si ritrovò vicino alla casa di Chiara e fu tentato di deviare per passarci davanti e cercare di vederla, ma non ebbe il coraggio. Tanto se l'avesse incontrata da sola non sarebbe andato oltre un "ciao". Meglio aspettare il giorno dopo.

E cosa credi di fare, alla pizza? Cosa credi di dire?

In realtà, non lo sapeva.

Tornò a casa e trovò il fratello che giocava in giardino con un pallone.

Deve averglielo prestato Rudi.

Ma quando si avvicinò, Luca si rese conto che era lo stesso Super Tele finito nel bosco due sere prima.

«Grazie per essere andato a prendere il pallone, amico!»

«Guarda che io non sono andato a prendere un bel niente.»

Giorgio si fermò.

«Era nel portico dietro casa, stamattina. Lo avrà trovato papà, allora. Magari era più vicino di quanto credessimo» disse prima di ricominciare a giocare.

«Hai preso il giornale?» Il padre uscì in giardino.

Luca lo sventolò, contento di aver fatto almeno una cosa buona, quella mattina, ma in risposta ebbe solo un «grazie» distratto. Suo padre aveva in mano un fascicolo con stampato sopra MINISTERO DELLA GIUSTIZIA e altre note scritte a penna, nella sua grafia illeggibile.

«Pa', ma oggi vai a giocare a tennis? Volevo venire a vederti. E magari fare due tiri anch'io, se vuoi» gli domandò timidamente, prima che lui fuggisse dentro.

«Ho del lavoro da sbrigare.»

«Ma scusa, non sei in ferie?»

Il padre fece un sorriso sarcastico e scosse il capo.

«Be', diciamo che *sarei* in ferie. Ma è successa una cosa... Cioè, devo riguardare delle pratiche. Perché lunedì parto e voglio essere pronto.»

Luca sentì le spalle scivolare in basso per la delusione.

«Lunedì? Di già? Ma pensavo che saresti rimasto un'altra settimana!»

«Anch'io... Invece devo andare a Milano per un incontro con i miei colleghi. E poi a Genova. Abbiamo delle questioni urgenti da sbrigare. Il tribunale è fermo e i colleghi che di solito lavorano con me non possono occuparsene, capisci?»

No, Luca non capiva. Se gli altri erano in ferie, perché solo papà doveva tornare? Le persone normali, quando erano in vacanza, non avevano mai nulla da fare, mai nulla a cui pensare, e non volevano mai tornare al lavoro. Il padre di Alessio, per esempio, che faceva il meccanico: quando veniva a Lamon in vacanza non si tratteneva molto, ma se ne stava sempre buttato in giardino a prendere il sole oppure al bar a bere. E anche il papà di David, che era il proprietario della macelleria di Lamon, chiudeva bottega e non lo vedevi nemmeno nei dintorni. Pure Angela, se metteva fuori il cartello

CHIUSO PER FERIE, non voleva saperne del bar, sebbene abitasse al piano di sopra!

Papà, invece, lavorava sempre. Passava tante ore al tribunale e, quand'era in casa, s'arrabbiava per le notizie in tivù, per certe cose che succedevano ai poliziotti o ai giudici. E anche lassù in paese non staccava mai con la testa. Non comprava il giornale per leggerlo in pace: prendeva appunti e ritagliava articoli che conservava nelle sue cartelle.

«Un magistrato deve sapere cosa succede nel mondo, per far bene il suo lavoro.»

Forse proprio quella mattina suo padre colse la delusione sul viso di Luca.

«Ascolta, vado a Genova lunedì, ma venerdì sono di ritorno. E la mamma resterà qui con voi. Non vi mandiamo a casa dei nonni, quest'estate, tranquilli. E stasera vengo a vedervi giocare al campo.»

«Ah...» disse Luca impressionato. «Va bene. Verso le sette e mezza, andiamo con le bici.»

Il padre sorrise e per un attimo parve dimenticare le preoccupazioni che lo inquietavano.

«Guarda che li conosco, i tuoi orari. Vengo in bici anch'io e quando avete finito mangiamo un gelato.»

Luca era felice e decise di sfruttare quel momento favorevole.

«Ascolta, pa', domani sera i miei amici organizzano una pizza. Posso andarci anch'io?»

Suo padre arricciò le labbra.

«Ma c'è qualche adulto?»

«No, sono tutti della mia età. Giorgio non vuole venire» azzardò, senza avere alcuna certezza circa la volontà del fratellino: era intenzionato a imporgli ciò che avrebbe stabilito lui. «E c'è anche Samuele, che ha quattordici anni.»

«Basta che vai su a piedi, perché quando si scende la strada è troppo ripida e di sera c'è buio.»

Luca ebbe la sensazione che il cuore gli si alleggerisse. Sorrise e, una volta tanto, si sentì come tutti gli altri. Anzi, più fortunato, perché suo padre sarebbe andato con loro al campo, a vederli.

«Comunque avvisa anche mamma, che poi si arrabbia, se non sa le cose.»

«Okay! E grazie per la palla.»

«Quale palla?»

«Il Super Tele, pa'. Non lo hai rimesso tu sotto il portico? Ieri sera era finito nel... Va be', non lo trovavamo più.»

«Io non l'ho toccato» rispose lui, aprendo il giornale.

Luca, per un attimo, fu sul punto di fare altre domande per capire chi avesse recuperato la palla che aveva calciato per sbaglio nel bosco. Ma il padre gli aveva appena concesso di andare a mangiare la pizza e sarebbe anche venuto a vederli giocare.

Lascia perdere.

Magari il pallone non era arrivato così lontano nel bosco come avevano pensato, e l'aveva trovato la mamma.

Oppure è stato Rudi, e Giorgio non se n'è accorto.

E se non fosse andata così?

Lascia perdere! Non fare arrabbiare papà. Non farlo ripensare alla storia del bosco. Non rovinare tutto con qualche altra stronzata delle tue.

Per un istante Luca fissò la foresta dietro casa e immaginò una creatura gigantesca coperta di terra nera, una macchia di buio nella quale brillavano due occhi accesi di rosso. Mentre veniva verso la loro casa, le unghie lunghissime tenevano stretto il loro Super Tele.

Chiuse forte gli occhi per mandare via quell'immagine.

Quando li riaprì c'erano solo la luce del sole e suo fratello che palleggiava.

11

Quel pomeriggio venne caldo e Luca si mise a letto. Lo stesso fece anche Giorgio, sfiancato dalla mattinata passata a giocare con Rudi.

Nell'immobilità della stanza, Luca si ritrovò ancora a pensare a "Blitz". Voleva prenderlo, sfogliarlo, toccarsi e provare di nuovo quelle sensazioni che gli si erano stampate dentro il corpo, ma sfuggivano alla testa.

Temette che non le avrebbe più rivissute. Che stavolta le cose sarebbero andate in modo diverso. Invece la magia si ripeté e lui l'assaporò con maggiore consapevolezza. Si rese conto del rischio di essere beccato quando Giorgio si mosse nel lettino, proprio nel momento in cui lui non poteva più tornare indietro. Ma nulla andò storto, suo fratello continuò a dormire. Muovendosi cauto, Luca andò in bagno e risolse tutto con relativa facilità.

Mi sto già ammalando. Adesso lo farò tutti i giorni, come i drogati! Mi verranno problemi al cuore, se mi batte così tanto? Però stavolta il respiro è rimasto calmo. E con le ragazze... succederà la stessa cosa?

Non lo sapeva. Non sapeva quasi niente di loro. Era il colmo che facesse certe cose da solo e nemmeno avesse baciato una ragazza.

No, non una qualsiasi. Chiara. È lei che vorrei baciare.

Controllò di non aver lasciato prove delle sue colpe e uscì. Fu allora che sentì i suoi parlare in cucina. Camminò a piedi nudi sino alle scale.

«Guarda che non ci sono motivi di preoccupazione» diceva il padre.

«Non ci sono motivi di preoccupazione» gli fece il verso la madre. «Ascolta, Tommaso, non parlare da avvocato con me! Io lo vedo, che sei preoccupato, anche se dici di no.»

«Ma non si tratta di questo! È per tutto il lavoro che ricomincia daccapo.»

«Non mi importa di cosa pensi tu. Io non riesco a far finta di niente, Tommaso. Ho paura.»

Luca deglutì. Era la prima volta che sentiva la madre dire una cosa simile. Non aveva neppure immaginato che sua madre potesse provare paura.

E di cosa, poi? Di Mussat?

«Ma è assurdo, non c'è nessun pericolo! E voi dovete stare tranquilli, perché ci sono io.»

«Come no... Infatti lunedì te ne torni a Genova.»

«Lo sai il perché. Dobbiamo fare presto. Comunque mi sono già interessato, durante la mia assenza verranno a controllare. E sei tu che esci sempre, in questi giorni. Sembra quasi che non ti vada di stare sola con me.» La voce di suo padre era lamentosa in un modo che a Luca diede fastidio.

La madre sbuffò.

«Te ne ho già parlato, no? È un momento brutto, non riesco a... Non riesco. E adesso mi lasci di nuovo sola coi ragazzi!»

«Ma scusa, c'è Ada, no? Perché non le chiedi aiuto?»

«Perché siamo diverse, io vedo le cose alla mia maniera, lei alla sua. E a volte s'impiccia, parla troppo. L'altro giorno ha raccontato a Luca di quel bambino scomparso.»

«Antonio?»

«Sì. E ha fatto male. Non ha bisogno che lo mettiamo in ansia con storie simili. Abbiamo già altri problemi.»

Luca rimase ancora lì, fermo, ad ascoltare il pesante silenzio calato tra i genitori. Temette che percepissero la sua presenza e allora, prima di tradirsi, fece risuonare due passi, per far capire che stava arrivando. Quando scese lo guardarono con timore.

«Pensavo che dormissi» disse la madre.

Lui prese dal frigo un po' di succo d'arancia.

«No, Giorgio russa troppo.»

La mamma gli mise un braccio intorno alle spalle.

«Niente bar di Angela, oggi?»

«No, c'è troppo caldo e poi ci è venuto sonno. Andiamo al campetto stasera e viene anche papà.»

Luca lo fissò e per un istante ebbe la certezza che suo padre si fosse già scordato della promessa fatta al mattino.

«E già! Certo che vengo!»

«Ascolta, ma'... Domani ci sarebbe una pizza con altri ragazzi della mia età, verso le otto. Papà dice che va bene, se vado. Posso?» chiese tutto d'un fiato, e dallo sguardo di sua madre capì che non le piaceva subire una decisione già presa dal marito, ma neppure contraddirla, e lui contava su questo.

«Va bene. Però ti porto su io.»

Luca deglutì. «Tu?»

«Sì, ti do uno strappo in macchina, no? Tanto ho il corso di cucina, domani. E poi ti vengo a prendere.»

«Ma torniamo tutti insieme a piedi! Davvero, non ci sono pericoli.»

La madre si mise i lunghi capelli biondi dietro le orecchie, guardò un attimo ancora il marito, poi cedette.

«Però alle dieci e mezza massimo devi essere a casa.»

«Okay, sì, certo!» rispose Luca ed era talmente entusiasta di quell'insperata libertà serale che si scordò di ciò che aveva sentito, abbracciò la madre e le diede un bacio, sentendola irrigidirsi per lo stupore. La confidenza fisica, tra loro, stava scomparendo ogni giorno di più. Se lei cercava di abbracciarlo, lui le sfuggiva, così quei tentativi si erano diradati.

Stava per arrivare anche una carezza, ma Luca si staccò e corse su, salendo i gradini a due a due. Si dimenticò di tutto il resto, anche di suo fratello che dormiva. Quando entrò in camera correndo, Giorgio balzò di scatto giù dal letto come la ragazza dell'*Esorcista* tirando un urlo e Luca scoppiò a ridere così forte che gli venne mal di pancia.

12

Alle otto gli uomini della famiglia Ferrari raggiunsero al gran completo il prato vicino alla scuola media.

Luca e Giorgio parcheggiarono le bici, mentre il papà restò a cavallo della sua vecchia Graziella rossa. Luca pensò che era un po' ridicolo, uno spilungone su quella bici da donna con il cestello dietro. Ma a lui non sembrava fregare niente di quel dettaglio, come non gli fregava niente della CX azzurra e dei vestiti stropicciati e di molte altre cose.

Anche di noi, non gliene frega niente?

«Andate, dài!»

Sul prato irregolare c'erano già schierati Alessio, David, Samuele e gli altri. Mancava Francesco, il figlio del proprietario della pizzeria dove sarebbero andati a cena l'indomani.

«Sua mamma gli ha chiesto una mano ai tavoli, perché si sono ammalati tutti i camerieri.»

Nessuno si stupì, a Lamon era normale che i ragazzini lavorassero. Tanti andavano a fare le stagioni già a quattordici, quindici anni. Altri, appena potevano, mollavano la scuola per fare i muratori.

Si radunarono al centro del campo per fare le squadre.

Samuele osservava disinteressato, tenendosi i capelli raccolti dietro la testa con le mani.

Starà pensando al giro in macchina con Patrick. O a Chiara.

«Allora, siamo io, voi due e lui» contò Alessio, spostando dal suo lato i fratelli Ferrari e Christian. Dall'altra parte, con Samuele e David, rimasero gli altri tre ragazzini lamonesi: Carlo il quattrocchi, Mirko, Giacomo.

«A noi manca il quinto» considerò Giorgio.

«Siamo dispari, diobon» constatò David. Aveva i capelli biondi corti sulla testa e lunghi dietro il collo come il cantante degli Spandau Ballet. Era alto, ma con un corpo tozzo che sembrava un quadrato di cemento. A tanta gente del paese piaceva menarsi, se c'era un pretesto, ma con David non si azzardava ad attaccar briga nessuno.

Si guardarono intorno, quasi che il giocatore mancante potesse spuntare magicamente da sotto l'erba.

Il miracolo non si verificò.

Luca si voltò verso suo padre, che mosse la mano destra come per dire: «E allora? Questa partita?».

«Ma lui gioca a pallone?» chiese Samuele.

«Mio papà?» disse Luca.

«Se gioca con voi, diventate cinque.»

«Vero! Ed è pure un villeggiante, sarebbe perfetto!» considerò Alessio.

«*Ja, ja*, perfetto» ribadì Christian.

Gli occhi di tutti si concentrarono su Luca: la decisione finale spettava a lui e si sentì avvampare. Temeva che suo padre gli dicesse di no, visto che bastavano un paio di partite a tennis per fargli venire mal di schiena. E magari non ne aveva voglia. Non si erano mai visti degli adulti giocare con loro. E poi c'era il terrore più agghiacciante: se fosse stato scarso? Una pippa, uno "stazzo", come dicevano a Genova.

L'incertezza paralizzò Luca, ma non Giorgio, che trotterellò fino al padre ancora sulla Graziella e confabulò con lui, indicando un quattro con la mano destra.

Luca vide il padre annuire e parcheggiare la bici, poi camminare verso il centrocampo, un uomo di quasi un metro e ottantacinque con un piccoletto di un metro e trenta.

«Ciao a tutti, sono Tommaso» si presentò lui al gruppo di ragazzetti. Quelli ricambiarono e tutto venne naturale. Le cifre si invertirono e i suoi anni, per quella sera, tornarono 14 invece di 41.

«Tu vai in attacco, pa'?» domandò Giorgio, entusiasta di averlo arruolato nel loro team.

«Va bene, sto davanti. Abbiamo uno schema?» Per fortuna lo sentirono soltanto i suoi compagni di squadra, altrimenti sai quanto avrebbero sghignazzato i lamonesi.

Alessio rispose con una delle sue citazioni di Boškov: «Schema è: palla a noi, giochiamo noi, palla a loro, giocano loro!»

Tommaso non sembrò capire molto, ma rise.

«Chi va in porta?»

La scelta cadde su Christian, con Luca piazzato in difesa, Giorgio e Alessio a centrocampo, Tommaso a fare da boa in attacco, alto e magro come Spillo Altobelli.

La partita cominciò male per i foresti.

Tommaso, nonostante la statura, vagava spaesato in attacco. Altro che Spillo Altobelli, ricordava il peggior Ian Rush, il bomber gallese della Juve che aveva deluso tutti: non tirava mai in porta e, nei contrasti, andava troppo morbido. Sembrava temesse di far male a qualcuno degli avversari, che invece ci mettevano tutto l'agonismo della loro adolescenza, oltre al fiato, che a lui mancava.

Prima segnò Carlo, il lamonese occhialuto. Colpì al volo di ginocchio una palla che rimbalzava davanti alla porta, trafiggendo Christian che sorrideva, sorrideva sempre, anche quando lo impallinavano.

Poi raddoppiò David, con un piattone precisissimo.

Samuele, in porta, era insuperabile anche da annoiato.

Un tiro sbilenco di Tommaso e un improbabile destro da fuori di Giorgio non lo costrinsero neppure a tuffarsi, così, per sconfiggere il tedio, lasciò il posto fra i pali a Mirko e andò a segnare il 3 a 0.

A quel punto lo sconforto prese il sopravvento nella squadra dei foresti.

«Ma no! Dài!» urlò Luca avvilito, scalciando via la palla. Nonostante giocasse suo padre, si profilava una disfatta memorabile. Alessio provò a scherzare con la voce del vecchio Vujadin Boškov.

«Se squadra che vince non si cambia, allora... squadra che non vince si cambia! Ti va di stare in porta, Tommaso?»

Lui, che era già sfiancato dal gran correre a vuoto, accettò.

I lamonesi attaccarono ancora, spavaldi. Samuele voleva esagerare e provò una rovesciata, mancando il pallone di un soffio. Poi, sull'azione seguente, imbroccò un gran colpo di testa su un cross perfetto di David.

Ma Tommaso stese le sue lunghe braccia agguantò la palla con sicurezza e la lanciò dall'altra parte del campo al figlio piccolo. Giorgio aveva una sola qualità: era veloce. Corse e corse e, in qualche modo, fece un assist a Christian, che esplose una bomba con il suo magico sinistro: 1 a 3.

I lamonesi ripresero il controllo e attaccarono ancora, il palo negò a David il 4 a 1, ma poco dopo i foresti guadagnarono un angolo che finì in una mischia in area: Alessio colpì sottomisura e riaprì la partita, segnando il 2 a 3.

Luca riportò la palla a centrocampo, esultando in modo rabbioso.

«Adesso ve ne faccio un altro» promise Samuele, minaccioso come Mark Lenders. Non sembrava più distratto, anzi.

«Dài, Samu, vieni in porta!» gli suggerì Mirko.

«Staghe ti» ringhiò lui. «Tanto vinciamo lo stesso» giurò, in modo da farsi sentire da tutti.

Seguirono minuti confusi. A un certo punto si alzò un campanile e Samuele fece per andare di testa, ma Tommaso lo anticipò, afferrando il pallone con le mani. Nello slancio, Samuele cadde con il culo per terra, e Luca provò un istante di puro, totale godimento.

Poi Luca intercettò David a centrocampo e passò a Christian, che inventò un sinistro a giro degno di Maradona, infilando l'insperato 3 a 3. I foresti coprirono in un unico abbraccio il loro attaccante svizzero e Tommaso, nella sua area, esultò a braccia alzate.

Lo sconforto era penetrato tra le file dei lamonesi, che litigavano tra loro. La squadra sbandava.

«No te pol perder quel balon!» si lamentò Samuele.

«E ti? Fa' le cose semplici, diobastone!» ribatté David.

«Adess ghe lo fag» giurò ancora Samuele e Luca, per un attimo, credette di aver sentito anche un "a quel cojon", sibilato tra i denti del rivale. Lo attraversò una scarica di energia.

Dobbiamo farcela.

«Dài, amico!» lo incitò Giorgio, come se leggesse i suoi pensieri. Nonostante fosse il più piccolo, correva su ogni palla, una zanzara che disturbava gli avversari e creava scompiglio.

Erano tre pari e sull'orologio del campanile le lancette erano vicinissime alle nove.

Alessio ingaggiò un duello con David a centrocampo, quello gli rubò il pallone e lanciò il contropiede: erano lui e Samuele contro Luca, rimasto solo in difesa davanti alla porta di Tommaso.

«A mi! A mi!» urlò Samuele al centro dell'immaginaria area di rigore e Luca tentennò, perché se fosse andato su uno avrebbe finito per smarcare l'altro e viceversa.

David calciò forte, di collo, ma Tommaso respinse con un tuffo degno di Tacconi. Solo che la palla finì sui piedi di Samuele, che ormai aveva davanti a sé solo Luca e la porta vuota.

Caricò il tiro, ma non calciò. Fece una finta per fregare il difensore, che non abboccò e con la punta, proprio con la punta della scarpa dove nemmeno arrivavano le dita dei piedi, Luca tolse la palla al rivale e riuscì a passarla ad Alessio.

Alessio superò il centrocampo e saltò Mirko, passò a Christian che mise in mezzo e *bum*, Giorgio arrivò di corsa, a calciare con tanta forza che finì steso di pancia sull'erba.

La palla s'insaccò dentro la rete immaginaria e proseguì oltre, lungo il prato, tra le urla di tutti.

4 a 3.

Giorgio si alzò e corse con un grido di esaltazione che riecheggiò per tutta via Ferd.

La campana suonò le nove e Tommaso sollevò Luca in trionfo come avevano fatto gli argentini con Maradona dopo la vittoria della Coppa del Mondo nel 1986. Ma avevano solo vinto la sfida foresti-lamonesi, mica erano campioni del mondo.

O forse sì, forse lo erano.

13

In bagno Luca cantava a voce alta le canzoni dei Bon Jovi che uscivano dal mangiacassette.

Si era fatto la doccia e doveva sistemarsi i capelli. Non aveva ancora deciso cosa mettersi. Era tutto il giorno che si chiedeva quali pantaloni indossare.

I jeans blu senza marca e senza forma o quelli neri eleganti ma che stringono un po'? La T-shirt anonima o la camicia con le maniche corte che, però, lascia vedere la canottiera sotto?

Almeno sulle scarpe non aveva dubbi: quelle da ginnastica nere della Adidas che si chiudevano con gli strappi.

Ma i capelli erano una croce, perché sua madre insisteva a credersi la sua parrucchiera personale e si divertiva a pettinarglieli con il phon dopo lo shampoo. «Guarda che ti faccio stare benissimo» gli diceva, ma Luca quel ciuffo di lato iniziava a non sopportarlo davvero più.

Così, per quella serata speciale, aveva deciso di fare da solo.

Tirò fuori l'arma segreta che si era procurato al minimarket vicino a casa dei nonni: un tubetto di Gommina Simmons. Si impiastricciò di gel i capelli ancora bagnati cercando di farsi dei riccioletti. Avrebbe voluto somigliare a Kirk Cameron, ma il risultato fu un inquietante mix tra Little Tony e Mirko dei Bee Hive.

Appena potrò li lascerò crescere come quelli di Jon Bon Jovi.

Era uno dei suoi grandi sogni, insieme all'orecchino, ma i suoi genitori non gli avrebbero mai permesso di tenere i capelli lunghi e bucarsi il lobo.

Quando avrò diciott'anni farò come voglio!

Aveva appena finito di lavarsi i denti quando partì *Blood on Blood.* Era diventata la sua canzone preferita nel momento in cui aveva scoperto che parlava di tre amici fraterni che stavano sempre insieme, da bambini e poi da grandi, anche quando vivevano lontani e uno diventava avvocato, l'altro medico e l'ultimo diventava Jon Bon Jovi, cazzo, un cantante famoso in tutto il mondo. Il loro patto di sangue non si poteva sciogliere, nonostante il tempo e le distanze.

Ogni volta che Luca la sentiva, gli venivano quasi le lacrime agli occhi, perché pensava a Giorgio e sperava che anche loro due sarebbero restati per sempre fianco a fianco in mezzo ai casini della vita.

E se invece cambiasse qualcosa?

L'inglese era ancora più pasticciato dei capelli, ma

Luca cantò insieme al suo idolo, usando lo spazzolino da denti come un microfono.

Faceva questo effetto, il rock, gli metteva addosso allegria. E speranza. Forse non bastava a renderlo completamente felice, ma più felice sì. Ed era questo che doveva fare la musica, no? Aiutarti a stare meglio. Altro che De André o De Gregori o gli altri vecchi che sentiva mamma e lo intristivano da paura. E meno che mai il jazz, che papà metteva nello stereo quand'era solo in casa!

Era stato Roberto a fargli sentire per la prima volta i Bon Jovi dividendo con lui le cuffiette del walkman.

«Non li conosci? Ma se li ascoltano tutti!»

«Sono tipo i Duran Duran?»

«Ma va', che schifo! I Duran Duran piacciono alle femmine. Non vedi mai *Superclassifica Show*?»

E così Luca aveva attinto quindicimila lire dal salvadanaio a forma di cassaforte dove raccoglieva i soldi ricevuti dai nonni o dagli zii come regali per il compleanno o per Natale. Era andato al negozio di dischi con aria da cospiratore e si era comprato *New Jersey* dei Bon Jovi.

Da lì in poi era stato come un domino. Ogni cassetta era un tassello che se ne portava dietro un altro. Europe, Kiss, Def Leppard, Bryan Adams: bastava sentire la radio per scoprire roba nuova e bellissima.

La mamma aveva guardato ai suoi primi acquisti musicali con stupore misto a condiscendenza.

«Sono cose da ragazzi, passeranno.»

Poi Luca l'aveva sorpresa a srotolare alcune copertine delle sue cassette curiosando con una smorfia schifata.

«Guarda che stai spendendo troppi soldi per 'sti dischi» gli aveva detto.

Quando lui aveva comprato *A Kind of Magic* dei Queen si era definitivamente arrabbiata.

«Non mi piace che ascolti 'sta gente qui, eh! Ho visto un video in cui cantavano vestiti da donne! Mi dici che cosa significa? E poi, come fa a piacerti questa roba?»

Per evitare scocciature e non intaccare troppo il suo piccolo patrimonio, aveva iniziato a registrare le canzoni dalla radio, anche se i risultati lasciavano parecchio a desiderare: nei suoi mix artigianali si sentivano gli scatti del tasto REC tra una canzone e l'altra e le voci dei dj che interrompevano i pezzi.

Ma perché non stanno mai zitti?

A volte doveva pure sorbirsi la musica italiana, che non sopportava. Uno dei pochi che si salvavano era proprio Umberto Tozzi: aveva un timbro magnifico.

Peccato che non è davvero lo zio di Alessio, altrimenti avrei cercato di farmi invitare a un concerto.

Mentre i capelli si pietrificavano grazie al lavoro della Gommina, si lavò bene le ascelle e ci spruzzò il deodorante. Poi si profumò tutto.

«Madonna, ma quanto ne hai usato?» gli domandò il padre quando s'incrociarono all'ingresso del bagno. Era emerso dal suo studio, dove stava barricato fin dal mattino, avvolto nella penombra delle persiane accostate. Aveva un'aria cupa e non sembrava nemmeno la stessa persona che la sera prima s'era buttata in campo con dei tredicenni, contribuendo in modo decisivo alla vittoria dei foresti sui lamonesi.

La partita, il gol di Giorgio, la loro esultanza, il gelato gigante al bar migliore della piazza. Questi ricordi così vicini già scappavano via per trasformarsi in rimpianti.

È come in quella canzone dei Cinderella: non sai cosa possiedi fino a che non lo hai perso.

Mentre il padre era in bagno, Luca sbirciò dentro lo studio e vide ammassati sul tavolo incartamenti, fascicoli, stralci di giornale. Ebbe la tentazione di andare a curiosare, ma non si arrischiò. Il papà si arrabbiava poche volte ma, quando capitava, faceva paura.

Nel posacenere sulla scrivania erano piegati diversi mozziconi di sigaretta. Aveva ripreso a fumare da pochi giorni, purtroppo, e anche quello era un motivo di tensione fra i suoi genitori.

«Ogni volta dici che smetti e poi... Se vuoi morire, accomodati. Ma non farlo respirare anche a noi» ripeteva la madre sempre più spesso.

Luca aveva provato le sigarette solo una volta, a scuola, ma gli era venuta una gran tosse ed era dovuto correre a spruzzarsi il Ventolin.

«Sei matto, amico?» gli aveva detto Giorgio impaurito, quando lui si era lasciato scappare il racconto di quell'esperimento. «Mamma dice che gli asmatici non devono fumare assolutamente o soffocano!»

Questo era vero, ma – a prescindere dall'asma – c'era ben poco che loro due potessero fare senza aver problemi, a parte giocare a pallone la sera dopo cena, quando erano a Lamon. Luca pensava che la madre non si fosse resa conto di quanto erano infuocate le loro partite. Forse credeva che facessero solo due passaggi. Meglio così, visto che ripeteva sempre: «Voi due siete più delicati degli altri».

Per questo era così felice di quella pizza alla baita: nessuna differenza tra lui e i suoi amici, nessun limite particolare.

E poi ci sarà Chiara.

Passò l'asciugamano sotto le ascelle, che sudavano di nuovo.

In camera scelse infine i jeans neri, anche se stavano diventando stretti: si abbinavano bene con le Adidas. Poi mise la camicia bianca a mezze maniche e, con un azzardo incredibile, decise di non indossare la canottiera. Per non far preoccupare sua madre infilò la giacca di jeans, anche se faceva caldo. I pantaloni neri cozzavano con il blu del giubbotto, ma lui si sentiva parecchio in tiro.

Verso le otto si avviò salutando con orgoglio: «Io vado, eh».

«Buona serata» gli augurò il padre dallo studio. La madre, invece, era al piano di sotto e si preparava a uscire pure lei. Luca sperò, anzi implorò, che non gli offrisse un passaggio in macchina fino alla baita.

«Vuoi uno strappo in auto?»

Merda!

«Preferisco fare due passi, tanto sulla strada incontro di sicuro qualcuno che sta andando.

«Va be', fai come vuoi» rispose lei, lasciandolo stupefatto. «Hai visto le mie chiavi di casa?»

«No, mamma.»

Luca la guardò frugare nella borsa e sentì un profumo molto forte.

Ha ragione papà, ho esagerato a spruzzarmi quella roba.

Ma si rese subito conto che nell'aria, misto all'odore di lacca per capelli, il profumo, dolce, era quello di mamma. Non lo usava spesso e non era nemmeno abituato a vederla col rossetto.

«Ma non vai al corso di cucina?» le chiese.

Lei lo guardò con aria interrogativa.

«Sì, perché?»

Anche la gonna gli parve insolitamente corta. Aveva pure le scarpe con il tacco.

«No, niente, pensavo che… dovessi uscire.»

«Infatti! Sto uscendo, vedi?» gli sorrise lei continuando a frugare nella borsa. Aveva con sé anche una valigia di pelle, in cui teneva forchettoni e mestoli luccicanti che usava durante le lezioni. Si diede un'altra controllata nello specchio e Luca la vide bella, bella e desiderabile come le donne dei giornali che guardava di nascosto da lei. Quel pensiero non gli piaceva, eppure era vero, innegabile. Gli uomini, gli *altri* uomini, guardavano sua madre così, come lui guardava le donne su "Blitz".

Gli balenò in mente l'immagine di sua mamma mezza nuda, la mandò via subito. Mentre i tacchi battevano sul pavimento in cotto della cucina, pensò un'altra cosa, che lo turbò ancora di più. Forse alla mamma piaceva che la guardassero in quel modo. Forse lo voleva.

Ma perché?

Luca le passò accanto e sua madre lo squadrò.

«Come siamo carini...» si complimentò. «Ma non avrai i capelli troppo bagnati?» fece allungandosi per toccarli.

Luca fu velocissimo, evitò la mano di lei come Rocky Balboa con un gancio di Apollo Creed.

«No, ma', è gel, tranquilla!» disse svicolando. Poi scappò verso la sua serata.

14

Chiara era bellissima. Indossava pantaloni bianchi come le scarpe di tela e la giacca di jeans. Quella sinfonia di bianco la faceva sembrare un angelo e contrastava con i capelli neri, lisci e brillanti. La giacca sbottonata rivelava una maglietta verde smeraldo, un piccolo prato di cotone disteso sotto nuvole candide.

Quando arrivò, insieme a Marica, Luca era già fuori dalla pizzeria con Alessio. L'amico iniziò a dargli di gomito furiosamente. «E basta, che palle! Guarda che la vedo anch'io» sibilò.

Era evidente che pure Marica aveva cercato di farsi carina, ma il confronto con la sua divina amica era insostenibile. Certo, sia lui sia Alessio notarono ancora una volta il seno – "tettone" fu la prima parola che a Luca venne in mente – che Marica sembrava far ondeggiare volutamente a ogni movimento. Quella danza aveva su Luca un effetto ipnotico, non riusciva a smettere di guardarle, doveva concentrarsi sulla grazia di Chiara per liberarsi dall'incantesimo.

Aspettarono gli altri davanti alla pizzeria, cercando di chiacchierare. Marica parlava per tutti, Alessio faceva le solite battute con cui credeva di rendersi simpatico. Cioè, in fondo simpatico lo era, quando stavano tra maschi. Ma era strano, quelle stesse battute sembravano più sceme, dette davanti alle ragazze. Mica potevi essere te stesso, con loro.

Per fortuna Alessio imitò Boškov una sola volta: le ragazze non sapevano niente del mister della Samp e quello scherzo risultava un po' imbarazzante. In compenso, iniziò a parlare di suo zio Umberto Tozzi.

«Mi ha telefonato ieri dalla Russia, è lì in tournée. Un grande successo. Dice che a Mosca non può fare due passi senza avere la polizia dietro.»

«Davvero? E dove suona? Al Cremlino?» gli domandò Chiara con un luccichio furbo negli occhi.

«Mah, credo di sì.»

«Ah, davvero? Io pensavo che fosse una specie di castello» ribatté Chiara.

«Appunto, è un concerto speciale, questo!»

Luca osservò ammirato la ragazza dei suoi sogni, stupito sia dall'ironia sia dal fatto di sentirle dire qualcosa di diverso da «ciao». Chiara sembrava un po' meno distante del solito.

«Ma tu vieni da Genova?» chiese di colpo a Luca, che dovette mettere le briglie al cuore mentre partiva al galoppo.

«Sì, da Sampierdarena.»

«Sampierdarena è quartiere di Sampdoria!» chiarì Alessio con la voce di Boškov.

Marica lo fulminò con lo sguardo.

«Dev'essere bella, Genova» commentò Chiara. «Io la conosco solo per le canzoni di De André. Mia madre lo ascolta sempre. Tu lo hai mai sentito?»

«Certo! Le conosco tutte, quelle di De André. È bravissimo» rispose Luca e pensò che le sue rock band avrebbero capito l'emergenza e lo avrebbero perdonato, nel nome dell'Amore.

«Mi sembra quasi di esserci stata, a Genova, a furia di sentirne parlare» spiegò Chiara, e Luca avrebbe continuato ad ascoltarla per sempre, fingendo pure di amare la sua città. Era disposto a parlare di tutte le canzoni che conosceva di De André, a sfruttare pure una strofa di De Gregori o Guccini, persino a dire che gli piaceva il jazz, se fosse servito. Avrebbe dichiarato che il rock gli faceva schifo senza remore.

Prima che la tua pizza finisca mi avrai tradito tre volte, sussurrò Jon Bon Jovi nella sua testa.

Chiara portava un paio di orecchini lunghi, con delle strisce sottili che pendevano da una pietra centrale, più grande.

Luca si fece forza e prese l'iniziativa. «Che belli» si sentì dire, sconcertato dalla propria audacia. Nel petto avvertiva una specie di vuoto, come gli avessero risucchiato via l'aria con un tubo. «Cosa c'è disegnato sulla pietra?»

Il sorriso di Chiara tradì una punta di soddisfazione.

«Grazie! È un sole, ma non riesco a capire se sorge o tramonta.»

Luca avrebbe voluto stupirla dicendo che quel sole illuminava la sua bellezza, ma il coraggio venne meno e, mentre cercava di ritrovarlo, arrivarono Christian e Carlo, uno in bici, l'altro accompagnato dal padre in macchina.

Il papà di Carlo era identico a lui, aveva gli stessi occhiali e lavorava come programmatore di computer. A Lamon era una leggenda, visto che dei computer si era appena iniziato a parlare. Le novità in paese arrivavano sempre dopo.

«Un giorno diventerò programmatore anche io. Voglio inventare i videogiochi» ripeteva sempre Carlo, che aveva guadagnato alcuni minuti di celebrità fra i coetanei dopo aver risolto il cubo di Rubik, ma si era subito rovinato perché, sotto la minaccia di David, aveva confessato di aver usato il libro con le soluzioni per riuscirci.

Carlo era di Lamon e andava a scuola con Marica e Chiara da anni. Iniziarono a chiacchierare di altri ragazzi che Luca non conosceva e di momenti che lui non aveva vissuto: Genova e De André furono dimenticati velocemente. Luca rimase lì, fingendo di capire quello che si dicevano e sorridendo inebetito.

Arrivò David, sudato per la salita.

«Diobon che cald...» imprecò lasciando il suo arrampichino. Non faceva così caldo, ma in bici David correva sempre e sudava un casino, considerato il suo peso. Dietro di lui, un po' distaccati, salivano con le bici Mirko, Giacomo e pure Sara, che non si vedeva tanto in giro perché aveva la mamma all'ospedale. Marica e Chiara le fecero un sacco di feste e anche Luca provò a chiacchierare con lei, ma Sara si comportava come se lo conoscesse appena. Era normalissimo, a Lamon. L'anno prima ti parlavi ogni giorno, l'anno dopo ti incontravi e ti dicevi a malapena «ciao».

Mancava solo Samuele, ma proprio mentre stavano per entrare nel locale – e Luca gongolava in silenzio per l'insperata assenza del rivale più temibile – sentirono in lontananza le schioppettate del Califfone rosso.

Samuele emerse dall'ultima curva con il Califfone piegato da un lato e il ginocchio che sfiorava l'asfalto. Inchiodò e per poco non finì su una catasta di legna per l'inverno – *Magari cadesse e si sporcasse tutto!* –, ma restò in piedi e balzò giù dal motorino con l'agilità di un ginnasta.

Quando li raggiunse, Marica gli indicò l'orecchio sinistro.

«Te situ fat el bùs?» chiese sbalordita, avvicinandosi.

Samuele agitò i capelli ricci sciolti e le rivolse il suo sorriso più smagliante.

«Sì! Stadoman!» rispose mostrando alle ragazze ammirate l'anellino dorato che gli perforava il lobo.

Luca si rese conto che il confronto tra lui e Samuele era come una partita tra Juve e Avellino. Il problema era che lui giocava nell'Avellino.

15

Luca sapeva che la sfida per sedere vicino a Chiara sarebbe culminata in uno sprint degno del Tour de France ma, quando partì lo scatto finale, fu fregato dallo scatto di Marica, che andò a occupare il posto a sinistra dell'amica del cuore. Al fianco destro di Chiara si era sistemato Carlo, senza neppure farlo apposta.

La fortuna dei principianti.

Samuele riuscì a leggere subito la pericolosità della situazione e si accaparrò l'ultima posizione buona rimasta, ovvero quella di fronte a Chiara.

«Dài, Luca, mettiti qui» lo invitò Marica spostando con la mano la sedia accanto a sé, e lui fece di tutto per ignorare il sorrisino entusiasta con cui lei aveva accompagnato la proposta. Cercò di non indugiare troppo sul seno, che però riusciva ogni volta a inebriarlo, a confonderlo, a corrompere la purezza degli amorevoli pensieri che formulava per Chiara.

«Okay» accettò, prendendo posto vicino a lei. Cercò di vedere il lato positivo della faccenda, mentre toglieva la giacca di jeans e sfoderava la sua camicia bianca a maniche corte.

In fondo non sono così lontano da Chiara. E poi Marica parlerà con lei, no? Mi infilerò nei loro discorsi.

Seduto di fronte a Luca, Alessio portava una bizzarra maglietta gialla.

«Visto? Sembro Greg LeMond!» si vantò ad alta voce. In realtà sembrava solo un faro acceso.

Invece Samuele era perfetto nella sua T-shirt dell'Americanino nera, con il logo dei due indiani in bella mostra assieme ai suoi bicipiti allenati al campo di calcio. Parlava con Chiara e il suo orecchino scintillava come un diamante. Era vero, era innegabile: Luca lo invidiava. Invidiava tutto di lui: il fisico, i capelli, il Califfone, il modo in cui giocava a pallone e quello in cui si vestiva, il fatto che era nato un anno prima di loro.

Chiara era stretta d'assedio tra i bicipiti di Samuele e gli occhialoni di Carlo. I due la bombardavano di parole e Samuele era molto più loquace del solito.

Marica, invece, non mollava Luca un attimo, implacabile come Vierchowod quando marcava Van Basten.

«Ma dài, possibile che non ti piace Vasco?»

«*Vasco* la canzone di Jovanotti o Vasco Rossi?»

«Vasco Rossi, dico.»

«Ma se nemmeno canta! Sembra sempre che stia per morire sul palco.»

«Non capisci niente, ma che gusti hai? A me piace

anche Jovanotti, comunque. Lo avete visto a Sanremo? Era troppo figo!»

«Io di Jovanotti ho tutti e due i dischi» intervenne fiero Samuele e Luca pensò che quello era un assist perfetto.

Stavolta hai sbagliato, caro mio! A Chiara piace De André. Altro che quel caprone!

«A me Jovanotti fa schifo» sentenziò Luca, alzando il mento.

«Ma no, dài, è carino...» ribatté Chiara e Luca si azzittì.

Che sfiga!

Ordinarono le pizze e da bere: tutti Fanta e Coca-Cola, a parte Samuele, che chiese una birra. Luca ammirò la naturalezza con cui lo fece, sembrava che di anni ne avesse diciassette, non quattordici.

Se prendo una birra scommetto che la mamma se ne accorge dall'alito a un chilometro di distanza.

Comunque la birra nemmeno gli piaceva.

Quando arrivarono le pizze – *Ma no, troppo presto: se vanno così veloce, la serata finirà subito!* – iniziarono a parlare di chi stava insieme a chi, gente del paese che Luca conosceva forse per un terzo. Ad alcuni nomi associava appena un viso, ad altri neppure quello.

«David, ma è vero che ti sei messo insieme a Vanessa?» squittì Marica, e quella notizia stupì Luca, perché Vanessa era una biondina carina, ma più piccola. Doveva avere dodici anni.

David diventò rosso e un sorriso imbarazzato lo tradì.

«Sì, ma sol che da ièr» farfugliò.

Anche David! Anche 'sto orso biondo ha una ragazza!

«Però ce lo potevi dire, eh! Siamo amici!» lo rimproverò Marica.

David scrollò le spalle.

«Voléa veder come che l'andava» spiegò con aria vissuta.

«Ma tu ce l'hai il ragazzo, Marica?» domandò Alessio ondeggiando il ciuffo rossiccio con fare da seduttore. Il tutto dopo aver sputacchiato l'oliva verde che stava masticando. Era proprio un caso disperato.

Marica sorrise, ben contenta di essere al centro dell'attenzione.

«E perché vuoi saperlo?»

«Mah... Così.»

«No, non ce l'ho. Cioè, stavo con Denis Campigotto, fino a due mesi fa. Poi ci siamo lasciati e ora mi piace un altro.»

«E chi sarebbe?»

Scese una specie di improvviso silenzio e Luca, che assisteva da spettatore a quel dialogo, ebbe il tremendo timore che Marica stesse per indicare lui, proprio lui.

«Di sicuro non sei tu!» rispose acida la ragazza, felice di scoccare una frecciata ad Alessio. La risata generale che ne scaturì allentò la tensione scacciando le paure di Luca e azzerando le speranze del suo amico.

Be', Alessio riesce a fare anche peggio di me.

La serata andò avanti così, senza uno spiraglio per farsi notare da Chiara. Luca si ritrovò a discutere per la milionesima volta di calciomercato con Alessio, chiedendosi se Klinsmann fosse davvero un fuoriclasse e se Lombardo rappresentasse l'acquisto giusto per la Samp.

«Lombardo è come Pendolino che esce da galleria» disse Alessio con la voce di Boškov.

Poi parlò dei film di Stallone con Mirko, dibattendo di quale episodio di *Rocky* fosse il migliore.

«Per me, il terzo.»

«Luca, lo hai visto *Predator*, quello con Arnold Schwarzenegger?»

«No. Di cosa parla?»

«Di un mostro che sta nel bosco, una creatura trasparente che scuoia le persone. Ma alla fine si scopre che era un alieno con una tuta speciale che gli dava l'invisibilità.»

Luca rimase zitto, negli occhi gli tornò ancora una volta l'immagine della presenza addossata all'albero che lo fissava nel buio.

Non era un alieno, lo so.

Per un attimo sentì salire la nausea, così si sforzò di cambiare discorso chiedendo a Mirko se secondo lui fosse più forte Ivan Drago o Mister T.

Tutto sommato la serata non fu divertente quanto s'era aspettato. In un paio di momenti quasi rimpianse che non ci fosse anche Giorgio, perché con lui aveva sempre qualcosa da dirsi. E poi avrebbe potuto far vedere a Chiara che era un bravo fratello maggiore.

Sicuramente le interesserebbe, come no?

Erano le nove e mezza quando uscirono dalla pizzeria. Rimasero a chiacchierare qualche minuto in cerchio tutti insieme. Dopo il caldo dentro il locale, l'aria del bosco sembrava fredda. Luca infilò la giacca, contento di essersela portata dietro.

«Che brosa!» si lamentò Marica fingendo di tremare e gli si strinse al fianco. Luca sentì il seno dell'amica sul braccio e immediatamente una vampata di calore salì dal punto in cui lei lo stava toccando fino alla testa.

Gli sembrò che Chiara li guardasse e avrebbe voluto scrollarsi Marica di dosso e nello stesso tempo no, non lo voleva, gli piaceva quella sensazione, anche il fatto che gli altri vedessero una ragazza che lo toccava, e pazienza se Marica sembrava un po' una cugina tedesca grassottella.

«Che tardi che l'è! Mi vag» disse David e andò verso la bicicletta. «Se vedon doman.»

Iniziarono a salutarsi. Luca rimase lì, provando a capire che succedeva. Poi Samuele ruppe gli indugi.

«Io prendo il motorino. Ti porto a casa, se vuoi» e Luca, a quel punto, capì che era tutto un piano studiato in precedenza.

Maledetto!

«Okay, va bene, basta che non corri» rispose Chiara e si rivolse a Marica: «Tu che fai?».

«Vado a piedi con i ragazzi. Tanto voi scendete adesso, no?» Luca e Alessio dissero insieme di sì e anche Mirko e Giacomo si aggregarono.

Samuele fece schioppettare il Califfone e seguì un attimo in cui nessuno parlò, ma tutti colsero la solennità del momento. Chiara stava salendo sul suo motorino.

Chiara ci sta.

Lei si accomodò sul Califfone, Samuele accelerò e diede un lungo colpo di clacson, che sembrava un grido di trionfo, poi sparì oltre la prima curva, nell'oscurità.

Attaccato dietro motorino, strisciato lungo l'asfalto, c'era anche il cuore di Luca.

16

Ma quella sera Luca avrebbe fatto un'altra esperienza nuova e fondamentale.

Avrebbe scoperto che, se circostanze fortuite e la volontà di una donna s'incontravano, potevano sprigionare una Forza irresistibile. Una Forza cui un ragazzo imbambolato non era in grado di opporsi in alcun modo.

Quella Forza iniziò a muovere le sue leve quando il gruppetto sceso insieme dalla pizzeria raggiunse la piazza di Lamon: Mirko e suo fratello Giacomo si staccarono dal gruppo per andare a farsi un'ultima partita a flipper al Bar Centrale, prima di rientrare.

La stessa Forza fece sì che Marica incontrasse sua madre, che mangiava un gelato con la sorella. La ragazza corse a chiederle se poteva rimanere fuori fino alle undici. Luca era abbastanza certo che la signora Poletti avrebbe detto di no, invece, mentre parlava con la figlia, vide che sorrideva. Si domandò se fosse di buon umore perché il suo gelato era particolarmente buono o perché era sola senza quel rompiballe del marito: in paese nessuno poteva vederlo. Forse fu per l'assenza di lui, forse fu perché quella sera in piazza girava più gente del solito e, in fondo, si trattava solo di mezz'ora. Oppure era di nuovo la Forza che continuava a muovere le sue leve. Comunque la mamma di Marica fece sì con la testa e accordò alla figlia il permesso di tornare più tardi.

Da ultimo la Forza si manifestò in un modo che a Luca parve inequivocabile, persino incredibile, quando rimosse l'ultimo ostacolo: fece sgonfiare quasi del tutto la gomma posteriore della bici che Alessio aveva lasciato in piazza.

«Ma no! Ma vaffanculo!» si lamentò lui. «Ora devo spingerla fino a casa!»

Si morse le labbra, fece ondeggiare il ciuffo e provò a riflettere sulle soluzioni al problema. Ci volle poco a capire che non ce n'erano.

«Va be', io vado, sennò a spingere questa fino a casa faccio tardi. Vieni con me?» chiese a Marica e Luca, all'improvviso, ebbe tutto chiaro: ad Alessio Marica piaceva eccome, ben più di quanto non gli avesse mai confessato, anche se non aveva proprio speranze.

«No, rimango ancora un po', visto che i miei mi lasciano!» disse lei senza la minima partecipazione al suo guaio con la bici. «Tu puoi stare fino alle dieci e mezza, vero?» indagò Marica e Luca annuì, sentendo che la Forza lo stava definitivamente sovrastando. Cederle era quasi una liberazione.

«E allora facciamoci un giro, che dici?»

«Va be', dài. Ciao, ragazzi» salutò Alessio, trascinando la bicicletta con la ruota sgonfia, e Luca si domandò se l'amico si sentisse come s'era sentito lui, appena mezz'ora prima, vedendo Chiara andarsene sul Califfone.

Si augurò di no.

Cosa starà facendo con Samuele?

Meglio non pensarci.

«Ti accompagno fino al parco giochi, visto che ho tempo, così poi tu vai a casa e io torno indietro» propose Marica, che dominava quella Forza prepotente con assoluta naturalezza.

Si avviarono a piedi. Luca sentiva emozioni contrastanti rimbalzargli dentro come un pallone, ma di quelli ovali da rugby, che quando toccano terra e diventano incontrollabili. Era da solo con una ragazza e questo non gli era mai capitato. Le volte in cui aveva passeggiato con qualcuna vicino alla scuola o lungo la strada verso casa mica contavano. Erano situazioni casuali.

«Ma perché tu non stai con nessuna? Sei un bel ragazzo» disse Marica e Luca si sentì arrossire fino alle orecchie. Di nuovo l'eccitazione crebbe e lui pensò a "Blitz", ai seni di Serena Grandi, poi guardò quelli di Marica e fu come salire sulle montagne russe di Gardaland.

«C'è una che mi piace, ma non ci sto insieme» gli uscì quasi senza pensarci.

«Ah, ma parli di Chiara?» lo fulminò Marica e lui, preso alla sprovvista, balbettò: «No, cioè, Chiara è molto carina, ma io parlavo... parlavo di una di Genova, ecco».

«Ho capito. Sono contenta che Chiara non ti piaccia. Anche perché tanto a lei piace Samuele, me l'ha detto. Secondo me stasera si mettono insieme.»

Luca era ben consapevole dell'incombere della tragedia, ma sentirsela sbattere sul muso fu un'altra brutta botta.

Continuarono a camminare, passarono davanti alle Poste e presero la strada per il parco, un fazzolettino di terra ed erba con alcuni alberi e giochi per bambini piccoli: altalene, una giostra, una zona di sabbia dove suo fratello Giorgio aveva trascorso interi pomeriggi a scavare nella terra. Luca guardò lo Swatch: erano quasi le dieci e un quarto.

«Sediamoci un attimo, che poi anche io devo correre via» propose Marica, e già si era sistemata su una panchina vicina alle altalene.

Luca la seguì con il cuore che martellava. La Forza oscura degli eventi ormai era un vortice che lo risucchiava verso il suo centro. Sedette accanto a Marica. L'aria era fresca sotto gli abeti del parco e il profumo di lei improvvisamente era diventato così forte. Al buio Marica sembrava anche più carina. E poi parlava continuamente. Parlava *con* lui.

«Però una ragazza l'hai già baciata a Genova, ci scommetto.»

La Forza impose a Luca di dire: «Sì, certo, per chi mi hai preso?».

«E allora perché non baci anche me?» Quella domanda era una ghigliottina che tranciava in due le residue speranze di resistere.

Perché? Già, perché non la baci? Potresti non avere mai più un'occasione simile!

Ora o mai più. Tredici anni che sembravano novantamila. Marica gli prese la mano e Luca pensò a Chiara, perché avrebbe voluto essere lì con lei, sarebbe stato pazzesco avere Chiara su quella panchina, ma Chiara stava con Samuele e lui era lì con la sua amica. Sì, era con Marica e andava bene, insomma, anche ad Alessio piaceva Marica e David diceva che non era male e quelle tette che gli sfioravano il gomito erano così grandi e sode che sembravano scolpite nella pietra.

Fu lei ad avvicinarsi, quasi avesse capito che Luca era un paracadutista cui serviva una spinta per buttarsi giù dal dirupo, altrimenti sarebbe rimasto lì, seduto e inerte fino alla mattina dopo, e forse il giorno dopo e quello dopo ancora. Incapace di decidersi, di capire cosa voleva.

Invece le bocche si trovarono, le lingue s'intrecciarono con un misto di incertezza e frenesia. Luca fece tutto abbastanza meccanicamente, molto concentrato sul gesto, sentendo l'umidità del loro contatto, lo scivolare delle lingue. Era insieme così sfuggente e così concreto e così intimo.

Mentre baciava Marica, sentì di varcare una soglia. Era un altro momento cruciale, dopo quello dentro la sua cameretta a sfogliare "Blitz". Un momento da ricordare per sempre, e capitava con Marica. Non se lo sarebbe mai aspettato.

Le cose non vanno mai come credevi.

Luca Ferrari, dal basso dei suoi tredici anni pesanti come se fossero tredicimila, stava imparando che quella Forza capace di travolgerti e far succedere le cose le fa succedere a modo suo, e non è il modo che avevi fantasticato. Forse non lo sarà mai.

Però, almeno, era un modo.

Si separarono, ma Luca volle riprovare un'altra volta e un'altra ancora, cercando di capire cosa stava facendo, di dare un senso a quei baci, mentre sentiva i jeans tirare tra le gambe. Quando Marica gli sfiorò il collo con la lingua per poco non gli scappò di ansimare ed ebbe la tremenda paura di arrivare al punto in cui non poteva trattenersi, anche senza essere toccato.

Oddio!

Poi, per sua fortuna, la campana batté il rintocco delle dieci e mezza e la Forza oscura si disperse, lasciandolo libero di scappare a casa.

17

Salutò Marica con un cenno della mano e si avviò lungo via del Sole con le gambe che sembravano andare da sole. Si sentiva come uno dei fratelli Lee in *Double Dragon*, manovrato da un joystick invisibile.

Aspettò di essere certo che Marica non lo potesse vedere per fermarsi un attimo a prendere fiato.

Si guardò intorno, si passò le mani fra i capelli, quasi per assicurarsi di essere davvero lui, davvero a Lamon, nel mondo reale.

Ho baciato una ragazza. Marica. Ho baciato Marica con la lingua.

Non esplodevano fuochi d'artificio, non tremava la terra, via del Sole era la solita strada di sempre, eppure a Luca sembrava di avere i super poteri, di vedere tutto più nitido, più vivo. C'era quella luna perfetta che esiste solo in montagna e fa allungare le ombre anche nel buio della notte. L'orologio segnava le dieci e trentasei.

Guarda che sei in ritardo. Mamma sarà già tornata e ti starà aspettando al varco.

Si rimise in cammino, superò la zona dove si vedevano più case e iniziò il pezzo di strada circondato dai campi dove le abitazioni si diradavano. Raggiunse l'incrocio con via dell'Erba, che tagliava perpendicolarmente la strada: a destra tornava in paese, a sinistra si perdeva nei boschi.

In fondo c'era una villetta dove alloggiavano le suore quando erano in ferie.

Come saranno le ferie delle suore? Dovranno pregare anche in vacanza?

A volte ci veniva anche la zia Eugenia, una delle sorelle della nonna. La casa delle suore aveva le sbarre alle finestre e Luca si era chiesto spesso se servissero a tenere lontani i ladri oppure a evitare che le suore scappassero via per sempre.

Magari le hanno messe per difendersi da Mussat.

Luca notò di sfuggita una macchina scura, ferma con una ruota anteriore sull'erba: c'era gente che andava nei campi anche di sera? Pareva di sì.

A sinistra, in fondo ai prati e alle file di fagioli, i boschi di abeti erano più fitti e si stagliavano neri e sinistri. Per un istante visualizzò un'immagine spaventosa che gli veniva in mente nelle sere di fine estate, quando rientrava a casa con il buio, e lo faceva accelerare sui pedali. Immaginava una figura lontana, mezzo uomo e mezzo mostro, che correva lungo i prati, parallelamente a lui. Un licantropo che galoppava selvaggio, reso invincibile e famelico dalla luna.

Ma quella notte era lui a sentire un impulso nuovo e ingovernabile. Avrebbe voluto correre come un pazzo tra i fagioli e oltre, nei boschi, ululando l'insieme di emozioni che deflagravano dentro di lui.

Si chiese se Giorgio stesse dormendo.

Se stasera ci fosse stato lui, non sarei rimasto solo con Marica.

Doveva ancora decidere se l'assenza del fratello fosse stata una fortuna o una maledizione.

Adesso Marica lo racconterà a Chiara e a tutti gli altri. Saremo fidanzati. Non sarò più libero come prima.

Sentì alle spalle, distante, il rumore di un'auto.

Mamma che torna dalla lezione di cucina?

Si voltò e scoprì che invece era la macchina scura di prima, un'auto lunga.

Girerà per andare verso la piazza.

Ormai mancavano un centinaio di metri al bivio per la stradina che conduceva alla loro villetta.

Ma il suono del motore si avvicinò ancora, un brontolio basso alle sue spalle. Nel silenzio Luca sentiva il rotolare ritmico delle gomme sull'asfalto. Lento, lentissimo.

Si voltò di nuovo. La macchina nera non aveva svoltato verso il centro, veniva dietro di lui.

Chi sarà?

Il vetro del parabrezza rifletteva il chiarore della luna quanto bastava per rendere difficile vedere dentro l'abitacolo, ma Luca distinse un uomo con i baffi, che non riconobbe.

Portava un cappellino con la visiera. Teneva una mano sul volante, l'altra, abbandonata fuori dal finestrino aperto, stringeva una sigaretta accesa.

L'uomo lo fissava, gli occhi lo scrutavano nel buio come il radar di un videogame.

Luca accelerò il passo, dietro di lui il rumore delle ruote sull'asfalto avevano il ritmo lento di un cuore.

Tutum, tutum, tutum.

Ricordò la sensazione provata nel bosco con suo fratello. Sentì la pelle tirare, quasi gli si stessero drizzando i capelli.

Deglutì accelerando ancora, ma la macchina si stava avvicinando. Poteva percepire il respiro caldo del motore sul collo.

Di colpo l'auto si fermò, restando con il motore acceso.

Luca si voltò ancora e vide la portiera aprirsi.

Il conducente scese con uno scatto, gettò a terra la sigaretta. Il viso era solo una macchia bianca sotto la visiera del cappellino.

Perché un cappello di notte?

Perché voleva nascondersi. Perché voleva lui.

Luca ebbe la certezza che l'uomo stesse per lanciarsi al suo inseguimento, poi udì un altro rumore, lontano.

Guardò in quella direzione e scorse delle piccole luci.

Due fari si ingrandivano progressivamente, illuminando la semioscurità.

L'uomo rimase fermo per un istante, il corpo teso e insieme bloccato, come il gatto quando fissa un uccellino irraggiungibile.

Poi, con un movimento unico e rapidissimo, risalì in macchina. Fece inversione e ripartì, mentre sopraggiungeva la Fiesta di sua madre che, quando incrociò la macchina scura, girò il collo per guardarla, incuriosita. Poi raggiunse il figlio e tirò giù il finestrino.

«Ehi, tesoro! Siamo tornati insieme!»

Luca non riuscì a dire nulla e neppure accennò un sorriso, le parole si aggrovigliarono insieme ai pensieri.

Salì sulla Fiesta. Si ricordò di quando andava all'asilo e, appena uscito, cercava il viso della madre. La gioia di vederla, il rifugio sicuro. Ma il senso di minaccia non andava via.

«Vuoi fare gli ultimi metri di strada con me?» domandò lei, divertita. Sembrava euforica, il suo profumo di donna era insieme così simile e così diverso da quello di Marica.

«Sì, grazie.»

«Ehi, tutto okay?» chiese lei scuotendogli un ginocchio.

«Sì.»

«Chi era quel tizio in macchina? Lo conoscevi?» gli domandò la mamma con noncuranza, eppure Luca notò che guardava nello specchietto retrovisore.

Luca si voltò ancora, ma i fari della berlina erano già lontanissimi.

«Non lo so, non ho fatto in tempo a vederlo. Non mi sembrava del paese.»

Lei fece spallucce. «Magari era uno con la fidanzata e lo abbiamo disturbato» ridacchiò con un accenno di complicità.

Luca era quasi sicuro che il sedile accanto all'uomo fosse vuoto, ma tenne quell'informazione per sé. Poteva sbagliarsi.

E che macchina era?

Non lo sapeva, non aveva fatto in tempo a riconoscerla! Però era nera.

O blu scuro?

Nera, gli era sembrata nera.

Quando entrarono in casa la madre gli domandò della pizza. Luca diede risposte vaghe, frettolose, ma a lei andarono bene, perché era allegra e distratta.

«E ti sei divertito, quindi? È stata una bella serata?»

Disse di sì, doveva dire di sì, anche se "bella" non era la parola giusta, davvero non rendeva l'idea. Incredibile, deludente, assurda, spaventosa, inaspettata, terribile, pericolosa, eccitante: se fosse esistita una parola capace di tenere insieme tutti questi aggettivi, ecco, quella parola avrebbe raccontato la serata.

Suo padre scese dalle scale con l'aria da vampiro che assumeva quando lavorava per ore. Aveva gli occhi rossi e i capelli arruffati.

«Oh, buonasera» disse alla moglie, acido. «Ma non dovevi tornare alle nove e mezza?»

«Siamo andati fino in piazza a prendere un gelato tutti insieme.»

Luca pensò che in piazza aveva visto la madre e la zia di Marica assieme ad altre persone, ma non sua mamma. E neppure si ricordava di aver riconosciuto Patty e Laura, le due signore che frequentavano con lei il famoso corso di cucina.

«Ah, bene» rispose suo padre, ma c'era un che di dubbioso nel tono della voce. Poi anche lui chiese qualcosa a Luca della pizza, ma si vedeva che la risposta gli interessava quanto a Luca interessava la domanda: nulla. In quel momento non gliene fregava niente del gelato di sua mamma, del lavoro di suo padre che gli guastava sempre le vacanze, né dei problemi tra i suoi genitori.

Ma allora hanno dei problemi? Come le coppie nei film?

Nemmeno questo contava, adesso. Era troppo preso da Marica e, contemporaneamente, dall'incontro con lo sconosciuto nella macchina scura.

Cercava me?

Ma lui era passato in via del Sole a quell'ora solo per caso. Di solito rientrava prima e, se Marica non lo avesse portato al parco, non avrebbe mai incontrato lo sconosciuto.

E se invece mi stava aspettando? Chi era, chi cazzo era?

Le domande assillavano Luca mentre fissava il soffitto mansardato in legno della cameretta che divideva con Giorgio, già addormentato.

Se ci fossi stato tu, lo avremmo visto insieme. Magari avresti riconosciuto qualche particolare più di me.

Ma non poteva raccontare a Giorgio anche quella storia e mettergli addosso altre paure, dopo il casino che aveva combinato nel bosco, causando l'incazzatura di papà.

E se fosse lo stesso uomo?

Ripensò al Super Tele tornato misteriosamente nel portico e alla telefonata anonima per cui sua madre era sembrata così preoccupata.

C'entrano qualcosa? Che sta succedendo?

Avrebbe voluto raccontare tutto e subito a qualcuno, quella sera stessa, condividere l'insieme di pazzesche novità che premevano dentro di lui come acqua contro una diga. Invece era lì solo, sdraiato nella quiete immobile intorno al suo letto, alla villetta, al paese di Lamon. Quel silenzio e quella pace lo avevano sempre fatto sentire avvolto, rassicurato. Lamon era una bolla di serenità infrangibile. Ma adesso erano arrivati il bosco, due ragazze e lo sconosciuto a bordo della macchina nera.

La bolla si era crepata e Luca ebbe paura che stesse per frantumarsi in mille pezzi. Appuntiti come lame.

18

«E tu che pizza hai preso, amico?»

«Una Monte Coppolo.»

«E come sarebbe la Monte Coppolo?» chiese Giorgio, pedalando sul suo arrampichino in miniatura di fianco a quello più grande del fratello.

«Con il salame e i funghi.»

«Era buona? A me piace la Napoletana.»

«Credi che non lo sappia? La prendi ogni volta che andiamo con mamma e papà!»

Erano quasi arrivati al campo sportivo. La mattinata era calda, l'aria appiccicosa. Di solito, quando c'era troppa afa, di pomeriggio il tempo si guastava. Magari pioveva per un'ora e anche forte. Poi, dopo la pioggia, verso sera il cielo schiariva, come ripulito, ma l'aria restava fresca e ogni respiro produceva una nuvoletta di vapore.

«Sono le montagne a far piovere, quando è caldo, per la temperatura diversa della pietra» gli aveva spiegato una volta Giorgio. Luca non aveva idea di dove suo fratello avesse preso quell'informazione così precisa, come molte altre con cui lo stupiva nonostante i suoi dieci anni.

«Quanti gradi ci saranno oggi, amico?»

Luca tirò a caso.

«Direi venticinque. Forse anche ventisei.»

«Sembra anche a me. Dicono che arriverà a trenta, nei prossimi giorni. Trenta gradi sono tanti, per Lamon.»

«Certo che 'sta mania del meteo è ben strana. Chissà da dove vi è venuta» aveva detto una volta il padre scherzando.

Era cominciata con la neve, anzi, con l'*attesa* della neve, perché sia a Luca sia a Giorgio la neve piaceva un casino, ma a Genova non veniva quasi mai per colpa del mare, che teneva più alte le temperature.

E così, quand'era inverno, ogni mattina i due fratelli mezzo addormentati e ancora in pigiama andavano a controllare la temperatura, per capire se durante la notte fosse scesa abbastanza da far nevicare. O almeno da scatenare l'eccitazione di una possibile nevicata. Giorgio era troppo basso per leggere il termometro a mercurio, perciò spingeva una sedia fino alla finestra e ci s'arrampicava sopra per guardare. Era una scena che faceva ridere tutti, tranne quando sporcava il vetro con il naso.

«E basta! Guarda che non ho tempo di lavarlo ancora» lo rimproverava la mamma, e allora Giorgio mandava Luca a controllare al suo posto.

Alla fine, visto che la neve si faceva vedere di rado, il più piccolo dei Ferrari aveva iniziato ad appassionarsi agli eventi estremi delle altre stagioni: se faceva molto caldo o se diluviava, se si scatenavano bufere di vento oppure grandinava.

«Da grande voglio fare il cacciatore di uragani, come quelli in America» ripeteva.

«Ma gli uragani qui non vengono, Gio'. Non ci sono le condizioni.»

«E allora vado a cercare la neve per tutto l'inverno.»

Pedalarono su e giù per la campagna e passarono più volte davanti al parchetto dove la sera prima Luca aveva baciato Marica. Ogni volta sentiva una fitta allo stomaco.

E adesso cosa le dico quando la vedo?

A un incrocio Luca aveva sentito una macchina che accelerava, vicino a loro. Istintivamente si era messo davanti a Giorgio, per proteggerlo.

Non so chi sei e cosa vuoi, ma se provi a toccare Gio' ti ammazzo.

Però era solo un camioncino con sopra alcuni muratori.

«Giriamo di là» disse Luca e passarono proprio davanti alla villetta di Chiara. La vide entrare dal giardino dentro casa.

Dava la schiena alla strada e Luca sperò che si voltasse per poterla salutare, ma non lo fece. Entrò senza chiudere la porta.

Deve uscire di nuovo, quindi.

Avrebbe voluto aspettarla, solo che la strada era troppo stretta: rischiava che lei lo beccasse fermo a guardare e capisse che si era appostato per vederla.

Fecero un altro giro, poi Luca tornò all'imbocco della via dove abitava Chiara. Era lunga solo un centinaio di metri, la si percorreva in un minuto, andando piano.

Fermò la bici e pure Giorgio inchiodò.

«Perché ti sei fermato?»

«Facciamo uno sprint, dài!»

Il fratello non si fece pregare.

«Fin dove?»

«In fondo alla strada. Dài, parti, ti do un po' di vantaggio.»

Giorgio fissò il fratello con un sorriso furbo. Poi si buttò in avanti a tradimento, mulinando le gambette.

Luca gli concesse qualche secondo, poi iniziò a pedalare per inseguirlo, ma si rese conto di aver impostato sul cambio un rapporto lunghissimo: la strada aveva una leggera pendenza a salire e per prendere un abbrivio decente rischiava di metterci trenta metri. Intanto Giorgio correva come un forsennato.

Non posso farmi vedere che inseguo quel tappo! Non qui davanti a Chiara!

Luca azionò il cambio per ammorbidire la marcia e spingere subito sui pedali, ma sentì un piede girare a vuoto e colpì con la sbarra centrale dell'arrampichino finendo sdraiato sull'asfalto, mentre la bici sbatteva per terra.

La testa impiegò alcuni secondi per capire cosa fosse successo al corpo.

Cazzo, sono caduto!

Era ancora intero?

Sì, però che botta.

La lucidità tornò subito.

Se Chiara mi vede così sono rovinato.

Scattò in piedi veloce, tirando su la bici mentre Giorgio, che si era accorto della sua caduta, tornava indietro.

«Amico, ti sei fatto male?»

«No, tranquillo, tutto a posto.»

«Ma ti esce il sangue!» disse indicando la mano destra di Luca.

Il sangue colava giù dal pollice tagliato, sul palmo, fino al polso. Una goccia gli sporcò le scarpe bianche.

Luca sentì la testa che girava e si sedette sul muretto che delimitava la strada, poggiandoci contro la bici. Vide dei puntini neri davanti agli occhi e allora li chiuse, respirando profondamente. Ricacciò indietro lo spavento.

«Aspetta, amico!» disse suo fratello e andò nel campo più vicino alla strada a strappare alcune foglie di fagioli.

Erano grandi e appiccicose. «Asciugati con queste» disse porgendogliele. Luca se le passò sulla mano come fossero fazzolettini.

Ma il taglio era piuttosto impressionante, slabbrato e profondo, sebbene non fosse lungo, e continuava a buttare sangue: non si era mai procurato una ferita simile in vita sua. Non poteva tornare a casa in quello stato e nemmeno mandare Giorgio senza di lui, scatenando un putiferio di preoccupazione. E poi non voleva che suo fratello passasse da solo nel punto in cui lui aveva visto la macchina nera.

Chiara, pochi metri più avanti, riapparve in giardino parlando con qualcuno dentro casa.

Luca provò a ragionare, ma non c'era altra soluzione che chiederle aiuto. Andò verso il cancello.

«Ciao» disse.

Chiara si voltò. «Ciao!» rispose, sorpresa. Ma, subito dopo, gli occhi le caddero sulle mani di Luca: la sinistra teneva la destra sanguinante.

«Oh Madonna, ma che hai fatto?»

«Ehm, sono caduto, con la bici. Mi è cascata la catena e sono finito per terra.»

Chiara sembrava piuttosto impressionata dal taglio, ma non reagiva.

«Hai mica qualcosa per disinfettarmi o un cerotto?»

Volevo fare il figo davanti a casa sua e ora mi presento conciato così.

«Certo, certo... 'Spetta che chiedo a mia mamma che è infermiera. Mamaaa, jeni do 'n attimo!»

La mamma di Chiara si chiamava Miriam e non si scompose di fronte alla mano sanguinante di Luca.

«Sei caduto davanti alla casa giusta!» scherzò. Lo portò in bagno, gli sciacquò la ferita, la disinfettò, la medicò con garze sterili. Tutto sotto lo sguardo preoccupato della figlia. Giorgio era stato lasciato in salotto in compagnia di un bicchiere di Fanta e di un pacifico gattone nero.

Probabile che si stesse divertendo più di tutti.

Luca invece si sentiva imbarazzatissimo, non riusciva neppure a parlare, farfugliava «grazie» di continuo e li condiva con qualche sorriso.

Che figura, aiutato dalla mamma.

«Sono cose che capitano. Forse non ti ci vorranno neppure i punti, però devi disinfettarlo bene per qualche giorno e sperare che si chiuda» disse Miriam serrandogli stretta la fasciatura sopra il pollice. Si vedeva che era abituata a ben più gravi emergenze.

«Va be', secondo me ora puoi andare a casa. Ce la fai ad arrivare?»

«Penso di sì, grazie. Abitiamo in via del Sole, è vicino.»

«Sì, però è meglio se Chiara vi accompagna, nel caso aveste bisogno.»

Luca quasi non credette alle proprie orecchie. Fare un pezzo di strada con lei.

Solo che ormai hai baciato Marica. Ti sei fregato! Magari si sono parlate al telefono e Chiara lo sa già. Le ragazze si telefonano di continuo.

Recuperarono Giorgio, che teneva il gattone di Miriam sulle gambe e lo accarezzava. Quello faceva le fusa come avesse dentro un motore, tutto contento, gli occhi socchiusi. Per una volta suo fratello aveva vinto la sua battaglia con i felini.

Dopo altri, ripetuti ringraziamenti cui si unì anche Giorgio, Luca riprese la via di casa guidando la bici con il pollice gonfio di bende.

«Ce la fai?» gli domandò Chiara. Pedalava alla sua sinistra e la carezza del vento caldo le scompigliava i capelli lisci. Giorgio li seguiva come una piccola, silenziosa scorta.

«Sì, va tutto bene. Grazie a tua mamma. È stata fantastica.»

Lei sorrise.

«Le foglie di fagiolo che mi aveva dato mio fratello non bastavano.»

«Dev'essere stupendo avere un fratello» considerò Chiara.

Luca si voltò per dare un'occhiata a Giorgio, che pedalava concentrato.

«Sì, lo è. Ma io sono fortunato perché noi andiamo d'accordo. Non succede a tutti. Guarda Mirko e Giacomo, che nemmeno si parlano.»

«Io avrei dovuto avere un fratello, sai? Però è morto mentre mia mamma era incinta.»

«Mi spiace tanto» farfugliò Luca, che non era pronto a condividere un segreto così tragico. Avrebbe voluto dirle che la capiva, perché anche Giorgio aveva rischiato di morire, appena nato. Il suo intestino aveva un'ostruzione, così i medici gli avevano aperto la pancia, avevano tirato fuori tutto l'intestino – che è una roba lunga metri, anche nei neonati – l'avevano sistemato e poi rimesso dentro.

«Quella notte ho pregato ogni minuto» gli diceva sempre nonna Ada. «E credo che sia servito, sai? Perché il cuore di Giorgio si è fermato sette volte e sette volte ha ripreso a battere.»

Per questo motivo tutti si preoccupavano ogni volta che Giorgio si ammalava: quando rischiavi così tanto di perdere qualcuno poi ti restava la paura che capitasse ancora. Giorgio era stato strappato alla morte, il fratellino di Chiara no. Dunque non era vero che la capiva, non poteva capirla.

In silenzio superarono il parco giochi e proseguirono fino all'incrocio con la strada che portava al convento delle suore, dove Luca aveva visto la macchina parcheggiata con le ruote sull'erba.

Come si aspettava, non c'era nessuna auto. Continuarono tra i campi di fagioli e i prati dove la legna per l'inverno era accatastata in file ordinate sotto piccole baracche artigianali con il tetto di lamiera. Due asini brucavano placidi l'erba di un terreno consumato.

«Se li lasci liberi di mangiare, spazzolano tutto e non cresce più un filo d'erba.»

«E questo è un bene?» chiese lui.

«Be', se vuoi pulire tutto il campo per coltivarlo, credo di sì!» spiegò Chiara e Luca sentì che si era già abituato alla sua voce, anche se lei non era troppo loquace. Ma diceva sempre cose intelligenti, interessanti.

Luca iniziò a intravedere il bivio in fondo alla via e, più lontano, il tetto di casa.

Sentì arrivare un'auto e si girò di scatto, ma era solo un signore con una Cinquecento bianca e sporca di terra che faceva un gran rumore. Non li conosceva, ma salutò lo stesso i ragazzi con un cenno stanco della mano.

Quando furono al bivio, si fermarono tutti e tre con il suono stridulo dei freni.

Maledizione, perché siamo già arrivati?

«Gio', tu avviati pure, io arrivo subito» disse Luca. «Non raccontare che sono caduto, glielo spiego io» ordinò con un imprevisto guizzo di intraprendenza.

Giorgio annuì serio. «Va bene, amico. Ciao, Chiara. E grazie.»

Lei lo guardò intenerita. «Che carino che è.»

Nonostante tutto, Luca fu geloso di quel complimento a suo fratello: lo avrebbe desiderato per sé.

Poi Chiara lo raggelò. «Be', so che ieri sera è stata una serata speciale. Prima ho sentito Marica al telefono.»

Ecco!

Le forze parvero abbandonare il corpo di Luca, la ferita prese a pulsare.

Fregato per sempre.

«Be', sì, ieri è stato tutto abbastanza incredibile...»

Chiara lo guardava in un modo strano. Come se volesse sapere qualcosa di più.

Devo cambiare discorso, devo sviarla!

«Ieri mi è successa una cosa che... Io davvero non so a chi raccontarla.»

«Guarda, la so già. Te l'ho detto che ho parlato con Marica.»

«Della macchina? Sai della macchina?»

Chiara aggrottò la fronte.

«La macchina?»

«Sì, ieri sera, mentre tornavo a casa. Se n'erano andati tutti e... anche con Marica, insomma, ci eravamo già salutati. Venivo da là» spiegò indicando la strada che avevano percorso insieme, «e c'era questa macchina ferma vicino alla casa delle suore. Appena mi ha visto, è partita e mi ha seguito. C'era un uomo sopra e...»

Luca raccontò tutto quanto due volte, forse anche tre, con una precisione che stupì lui per primo. I ricordi emergevano come foto in una bacinella dentro una camera oscura.

Infervorato dalla storia aggiunse carne sul fuoco, raccontando del bosco e della presenza che lui e Giorgio avevano intravisto, e del pallone che era finito tra gli alberi ed era ricomparso in giardino. Non sapeva perché sentisse di mettere proprio Chiara a parte di quei segreti. Ma era come essere su un bob: una volta spinto in discesa, andava giù sparato e niente poteva arrestarlo, dovevi assecondare la corsa.

«Davvero pensi che seguisse te?» chiese Chiara. «Magari passava per caso.»

«Qui, in fondo, abitano pochissime persone e in vacanza ci vengono sempre le stesse.»

«Ma tu sei sicuro che non l'avevi mai visto?» Luca non capiva se si stesse sforzando di credergli o avesse già deciso che lui raccontava cazzate.

Sono un idiota. Mi prenderà per pazzo anche lei.

«No. Io non l'ho mai visto, sono sicuro. Ma questo non c'entra, capisci? Non importa se lo conosco o meno. Il fatto è che, quando è sceso... Ti giuro che stava venendo verso di me per farmi qualcosa di male.»

Chiara lo fissò, zitta.

Senza una prova, come può crederti?

Luca ricordò la sigaretta che l'uomo aveva gettato via e gli parve che quel particolare potesse dimostrare che stava dicendo la verità.

«Vieni» disse risoluto, poggiando l'arrampichino a terra, su un fianco. Chiara mise la sua bici sul cavalletto e lo seguì.

Luca indicò per terra con la mano fasciata.

«Ecco, guarda: la sigaretta dovrebbe essere qui...»

Anche lei andò a controllare.

Sarebbe bastata una cicca qualsiasi, ma non se ne trovavano facilmente: il Comune ci teneva, alla pulizia del paese e i lamonesi anche. Gettavano la roba nei cassonetti, non come a Genova dove i marciapiedi erano sporchissimi. A Luca venne quasi da piangere, tanto si sentiva impotente.

Poi Chiara lanciò un urletto eccitato.

«Eccola! Eccola lì!» disse indicando a terra, proprio dove finiva l'asfalto e iniziavano i ciuffi d'erba.

C'era un mozzicone: Luca provò una sorta di vertigine.

«È quello!»

Chiara smosse la cicca con il piede.

Chi ti dice che è quella di ieri sera?

Non era che un innocuo moncherino di sigaretta come tanti. Ma la presenza di Chiara, per una volta, lo costrinse a non cincischiare.

«Sono sicuro che è la sua. Lo vedi, è ancora a metà!»

Chiara si morse le labbra.

È nervosa perché adesso mi crede.

«Dici che questa macchina c'entra con quello che hai visto nel bosco?» gli domandò.

«Non lo so, non riesco a capirlo.»

«Ma perché non vuoi dirlo ai tuoi?»

«Non mi crederebbero. Mi sono inventato la storia dell'Uomo Selvatico per fare paura a Giorgio e adesso penseranno che mi faccia suggestionare dalle mie fantasie, che mi inventi tutto, capisci? Magari se glielo dico mi mettono pure in punizione. E poi, che posso dirgli? Credo che nel bosco ci fosse davvero una creatura? Ho buttato un pallone e qualcuno me l'ha portato indietro? Ho visto scendere dalla macchina un uomo normalissimo, ma io sono sicuro che voleva farmi del male? Non ho prove e sono certo che questa sigaretta con i miei genitori non basta.»

La voce di Luca adesso era scoraggiata.

«Ti ricordi la targa dell'auto?»

«Non ho nemmeno riconosciuto la macchina! Figuriamoci la targa. Zero.»

Chiara rimase in silenzio per alcuni secondi, fissando il mozzicone. «Allora possiamo fare solo una cosa: raccontarlo agli altri» concluse.

«Agli altri?»

«A Marica, Alessio, David. E a Samuele, soprattutto. Lui è in gamba, saprà cosa fare.»

Certo, come no, Samuele sa tutto. Samuele è il migliore, ecco perché ti piace.

«Penserebbero che sono uno scemo. O un bugiardo.»

«Guarda che sono a posto, li conosco da tanto tempo: andiamo a scuola assieme.»

Loro stanno sempre insieme, sono amici, contano l'uno sull'altro. Io, invece, non posso nemmeno andare dai miei genitori a spiegargli della macchina.

Luca era perplesso. Poteva parlarne con Alessio, forse con David. Ma Samuele? C'era il rischio che usasse quella storia per prenderlo in giro.

Lo sfigato di Genova che si fa spaventare da una macchina. E poi non sa nemmeno dire che modello fosse, perché non ne conosce nemmeno uno!

«E se glielo diciamo, che cambia? Che ci possono fare, Chiara?»

«Come sarebbe a dire? Tutti insieme possiamo aiutarti, no? Possiamo provare a capire chi era quell'uomo oppure cercare la macchina. Insomma, darti una mano. Non si fa così, tra amici?» gli domandò e Luca si rese conto di colpo che il vero senso della parola "amici" non lo conosceva nemmeno, lui che a Genova stava sempre chiuso in casa con il fratello.

Magari è tempo di scoprirlo.

Così, quando la mamma uscì in giardino e lo chiamò da lontano, Luca disse piano a Chiara: «Ne parliamo la prossima volta che ci vediamo. Lo decidiamo insieme, cosa dirgli».

«Okay.»

Avrebbero fatto qualcosa insieme.

Insieme.

Il suono di quella parola faceva impallidire anche il ricordo dell'inquietante macchina nera.

Luca non era più solo.

19

La madre si spaventò molto, quando vide la ferita.

«Ma guarda che roba! Dobbiamo metterci dei punti!»

«Perché? Non esce mica sangue, no?» ribatté lui, anche se il taglio aveva un aspetto disgustoso, con la pelle bianchiccia lungo la ferita ancora aperta e l'interno scuro, violaceo.

Anche suo padre era lì che controllava.

«Magari, se la tieni bendata, si chiude da sola.»

«Esatto. Me lo ha detto anche la mamma di Chiara, quando mi ha medicato!»

«Io, invece, dico che sarebbero meglio i punti.»

«Però dobbiamo andare a Feltre e fare la coda! Si aspetta per ore prima di essere visitati.»

«E tu come lo sai?» gli domandò lei.

«C'era scritto fuori dall'edicola, nei titoli di giornale» inventò.

«Facciamo che la disinfetti due volte al giorno. E vediamo come procede. Ma se non si chiude poi andiamo a mettere i punti» decise il padre.

La madre sbuffò contrariata.

«Voglio vedere, poi, se si chiude male! Che facciamo?»

«Dài, non esagerare, Francesca. È un taglio, sono cose che capitano.»

«Va bene, tu continua a sminuire sempre tutto, se vuoi.»

Il taglio sul dito di Luca apriva nuove ferite tra i suoi genitori.

«Lo disinfetto bene, ve lo giuro.»

«Ci devi mettere sempre le bende pulite» precisò la madre. «E scordati il pallone, con il dito così. Ci vorranno minimo due settimane.»

Il mondo gli crollò addosso.

«Ma scusa, mamma...» Luca guardò il padre con occhi imploranti, ma capì che non avrebbe avuto ulteriore appoggio da lui.

«No, mi spiace. Se la vuoi tenere così, allora aspetti che vada a posto per bene. Non puoi rischiare di prenderci una botta. E comunque anche coi punti dovresti stare fermo.»

«Posso andare lo stesso al campo, però? Solo a guardare.»

«Direi di sì» disse il padre e gli accarezzò veloce la nuca. Era quello il massimo conforto che poteva concedergli. Subito dopo riprese le scale per tornare al lavoro.

Luca lo seguì ed entrò nello studio. Suo padre si era già seduto alla scrivania: appena si accorse di lui, chiuse il fascicolo che aveva davanti, come se...

Come se non volesse farmi vedere qualcosa.

«Be', che c'è?» gli chiese tenendo una mano aperta sopra la cartellina. «Tutto bene?»

Luca disse la prima cosa che gli venne in mente.

«Allora lunedì parti?»

Il padre annuì, giocherellando con il pacchetto di sigarette. Evidentemente avrebbe voluto chiudersi dentro e fumarsene una, mentre guardava quei fogli misteriosi, ma lui l'aveva disturbato.

«Te l'ho detto, venerdì torno. Voi ve ne state qui, comunque, mamma rimane. Niente nonni. E per il resto, tutto bene? Fatto altri incontri con esseri mostruosi, nel bosco?»

Luca sobbalzò, ma la domanda era solo casuale, distratta. Suo papà aveva il tono di chi non vuole altri problemi e si aspetta un no: Luca lo assecondò.

«Non sono più andato nel bosco.»

Ma forse è il bosco che sta venendo da me.

«Meglio così. Pensa a curare la ferita, adesso, dài. Te l'ha detto anche la mamma della tua amica. Com'è che si chiama?»

«Miriam Tollardo.»

Il padre se lo annotò su un foglio.

«Okay. Magari una volta invitiamo tutta la loro famiglia a cena, eh? Per ringraziarli. La prossima settimana, quando torno, che spero di essere più tranquillo.»

Che spero di essere più tranquillo. Quante volte l'ho sentita, questa.

La cena era un'idea emozionante, ma anche spaventosa: lui e Chiara insieme con i genitori! Pazzesco. Senza tenere conto che i suoi litigavano così spesso che aveva paura lo facessero pure in presenza di estranei.

Però avere Chiara in casa, portarla qui in camera, metterci a chiacchierare in giardino. Sarebbe meraviglioso.

Gli tornò in mente Marica e fu come svegliarsi da un bel sogno. Altro che Chiara, lui aveva baciato Marica, che sarebbe stata gelosa.

«Luca, dico a te! Ti piacerebbe se organizzassimo una cena o no?»

«Ah, sì, sì. Perché no?» rispose confuso. «Ora vado un attimo da Gio'» tagliò corto. Aveva mentito a suo padre. Cioè, non gli aveva mentito, però gli aveva taciuto la storia della macchina nera.

E allora? Quante cose non mi dice, lui? Le sue faccende di lavoro sono sempre segrete!

Tutti nascondono qualcosa, ormai se n'era convinto. Forse anche Chiara. Mica gli aveva detto cos'era successo con Samuele. Del resto, lui non gliel'aveva domandato e aveva cercato di nasconderle il bacio con Marica.

E mamma? Anche mamma ha raccontato a papà del gelato, ma in piazza io non l'ho mica vista.

E David, che nascondeva la pancia e diceva di pesare solo sessanta chili? Secondo Giacomo erano almeno dieci di più. Alessio, che s'inventava di essere il nipote di Tozzi. Tutti nascondevano qualcosa. Anche il bosco.

E l'uomo sulla macchina nera.

20

«Io ci avrei messo i punti» disse nonna Ada esaminando la ferita sul pollice di Luca.

Lui rispose: «Ma no, vedrai che va a posto così, nonna» anche se guardare quel taglio troppo a lungo gli faceva girare la testa.

«Rimetti il dito lì dentro, tosàt. Ancora per un po'.» Luca obbedì e infilò il pollice nel pentolino rosso. Era pieno d'acqua e Amuchina ed emanava un odore d'ospedale.

«Il nonno dov'è andato?»

«A trovare lo zio Dario con la bicicletta. Speriamo che vada piano. L'altra volta qualcuno l'ha visto correre...»

Anche il nonno! Lo vedono correre come me!

«Mi fa sempre preoccupare, con il cuore che ha. Non può fare sforzi, ma chi lo ferma? Non sta mai tranquillo, è più forte di lui.»

«Be', è sempre stato così» disse Luca con l'aria di chi conosceva nonno Paolo da milioni di anni, altro che tredici. «Nonna...»

«Dimmi.»

Ada stava lavorando a maglia una grande coperta di lana. Era blu, ma aveva anche delle strisce orizzontali rosa e ocra. Tutti dicevano che, una volta finita, quella coperta sarebbe diventata la sua ennesima opera d'arte. Ada era una vera maestra, con i ferri e con l'ago. Aveva imparato da ragazzina, rammendando i vestitini dei suoi fratelli più piccoli, trasformando, per riciclarli, pantaloni in borse a tracolla, lenzuola in gonne. Durante la guerra ci si arrangiava.

«Volevo chiederti un'altra cosa, su quella storia di Mussat.»

Ada non sembrava entusiasta di tornare su quel discorso. «Cosa vuoi sapere?»

«Era alto, vero? Un uomo alto e grosso.»

«Sì. O almeno così me lo ricordo io. Ma io sono piccola. Me par tutti alti, anca ti!»

Luca ripensò all'uomo sceso dalla macchina nera.

Non era alto, anzi. E nemmeno grosso.

Ma questa informazione a che gli serviva? Era logico che Mussat non potesse guidare una macchina, se viveva da barbone nel bosco.

Forse Mussat non esiste. Oppure è morto da chissà quanto.

In questo caso doveva supporre di aver visto qualcun altro, nella foresta.

Magari era l'uomo della macchina, travestito come i soldati durante le missioni di guerra, con la faccia ricoper-

ta di grasso nero per non riflettere nemmeno il poco di luce che filtrava tra gli alberi.

«Mi sembri pensieroso» disse la nonna.

Luca cercò subito una scusa per distrarla. «Mi spiace che papà debba tornare a Genova, tra poco.»

Ada sospirò e scosse impercettibilmente la testa, come se quella storia contrariasse anche lei. Magari si trattava della mamma: le pesava che sua figlia rimanesse troppo da sola.

«Tuo padre si impegna tanto con il lavoro. Lo fa per voi. Ma anche per noi, in fondo. Il suo è un lavoro importante. Senza le persone come lui, certi criminali riuscirebbero a far del male agli altri e passarla liscia.»

«Ma quando venivano i poliziotti sotto casa, era sempre per il suo lavoro, vero?»

Ada si passò una mano sul viso. Era chiaramente sulle spine.

«Sì. Tuo padre stava indagando su una banda molto pericolosa, a Genova.»

«E che cosa faceva, 'sta banda?»

«Rapinava le banche, ma anche le case della gente comune.»

«Hanno ammazzato qualcuno?»

Lei esitò.

«Sì, ma è successo molto tempo fa e non ci devi pensare più, Luca. Adesso è tutto passato. Grazie a tuo padre e ai poliziotti e agli altri che lavoravano con loro, quei criminali sono stati catturati. Devi stare tranquillo, tosàt.»

Luca rimase in silenzio cercando di assorbire la novità. Si sentì molto orgoglioso, e allo stesso tempo sorpreso: era strano pensare a suo padre che fermava dei banditi capaci di uccidere.

Mio papà è tipo un personaggio da film.

Ma non gli piaceva che la sua famiglia lo avesse tenuto all'oscuro per così tanto tempo.

Ero troppo piccolo per capire.

Ora però le cose erano cambiate: il bosco, "Blitz", il bacio con Marica, la macchina nera, Chiara. Si sentiva grande, un adulto, ma gli adulti non lo consideravano tale.

Loro lo avrebbero lasciato ai margini anche se avesse raccontato della macchina. E, se mai gli avessero creduto, lo avrebbero escluso dalla gestione del problema.

Magari mi farebbero stare qui dai nonni, per sicurezza. O mi riporterebbero a Genova!

Restava solo una possibilità: ascoltare il consiglio di Chiara e chiedere aiuto agli amici.

Per questo, quando un'ora dopo incontrò Alessio al bar di Angela, lo invitò a sedersi a un tavolino un po' nascosto e gli spiegò tutta la situazione.

L'amico scuoteva il ciuffo rossiccio, stavolta non per tirarsela, ma per un misto di eccitazione e ansia. Si mordicchiava le unghie.

«Ma quando è sceso dall'auto, cosa ha fatto?»

«Niente, mi è sembrato che volesse venire verso di me, per attaccarmi. Chissà, forse aveva una pistola!»

Alessio sgranò gli occhi mentre portava alla bocca un cucchiaio del suo Sanson all'amarena.

«Minghia, Lu', ma sei fuori? Una pistola? Tu hai visto troppi episodi di *Magnum P.I.*! Perché mai doveva avere una pistola?»

Luca bevve un po' della sua limonata. Alla fine la temperatura aveva toccato davvero i trenta gradi paventati da Giorgio. Sudava, nonostante avesse le mani fredde per la tensione.

«E io che ne so? Comunque mi sono cagato addosso. Poi, quando ha visto arrivare mia madre, se n'è andato.»

«Magari era uno che voleva solo farsi una pisciata.»

Luca snocciolò il resto delle informazioni per convincere l'amico: la presenza nel bosco, il pallone volato tra gli alberi e poi riapparso in giardino, la storia di Antonio e Mussat, la telefonata muta. Solo che Alessio parve meno colpito di Chiara.

«Secondo me tutta 'sta roba di Mussat non c'entra niente. Saranno le solite scemate che si inventano a Lamon.»

«Guarda che mia nonna mica racconta balle» si accigliò Luca, anche se pure lui covava quel dubbio.

«No, non dico questo, ma forse aveva ragione tuo padre: era solo un ubriacone. Ne ho visti anch'io, in giro, nei posti più strani.»

«E quindi? Che devo fare, secondo te? Aspettare di incontrare di nuovo il tizio della macchina?»

«Scusa, Luca, magari questo tipo era sceso per fumarsi una sigaretta. Oppure aspettava tua mamma...»

La frase che Alessio lasciò sospesa, forse inconsapevolmente, si conficcò tagliente nel cranio di Luca.

Lei mi ha chiesto se lo conoscevo...

«Non ci capisco più un cazzo» soffiò, rassegnato, Luca.

Alessio gli appoggiò una mano su una spalla.

«Minghia, non fare così, dài! Almeno sai che macchina era?»

«No, perché veniva da dietro. E quando si è fermata era leggermente storta, capito? Per questo non ho visto bene il muso. Poi stavo pensando a salvarmi, non è che mi sia messo lì a fissarla!»

«Tanto tu non distingueresti una Cinquecento da una Ferrari. Ma sei sicuro del colore?»

«Guarda che era buio! Era scura, te l'ho detto. Credo nera.»

«Ci sono anche macchine blu notte o di quel nero più chiaro. Oppure grigio canna di fucile, che può sembrare nero ma non lo è» spiegò Alessio, con aria di superiorità.

«Va be', facciamo che era nera, okay? Ma la tonalità che importa, adesso? Comunque era molto scura!»

«Non è che sia un grande particolare! Italiana o straniera? Era lunga o più corta, tipo la Golf?»

Le domande di Alessio iniziavano a innervosirlo.

«Ma guarda che lo so com'è fatta la Golf, eh! Ho visto ieri quella di Patrick, in piazza.»

«Le macchine con il pezzo dietro si chiamano berline.»

«E allora era una berlina!»

«Uhm...» Alessio succhiava il cucchiaio rosso di plastica del suo gelato, riflettendo. «Allora dobbiamo cercare una berlina nera, abbastanza nuova e con una targa che non sia quella di Belluno, perché l'uomo non lo avevi mai visto. Esatto?»

«Sì.»

«Potremmo fare un giro e guardare qualche modello, magari ti vengono in mente altri particolari. Cosa ne dici?»

Luca controllò l'ora. Erano le tre e mezza e Chiara non si era ancora vista, purtroppo. Nemmeno Marica, per fortuna.

«Ma le ragazze?»

Alessio scrollò le spalle. «E chi lo sa? Forse avevano da fare e vengono dopo.»

Luca avrebbe voluto aspettare Chiara per raccontarle le novità.

E per vederla. Voglio vederla ancora.

Ma restare al bar senza fare nemmeno una partita ai videogiochi o a ping-pong per colpa delle bende al dito era inutile e non faceva che accrescere la sua agitazione.

«Dài, ci sto. Andiamo.»

«Portiamo anche lui?» chiese Alessio indicando Giorgio. Dal vetro lo si vedeva aggrappato al joystick di *Double Dragon*.

«Sì. Dopo ieri sera voglio tenerlo sempre sotto controllo, però non deve sapere 'sta cosa della macchina. Non voglio terrorizzarlo.»

«Tu bravo fratello maggiore, Luca» commentò Alessio con la voce di Boškov e finalmente gli strappò una risata.

21

Luca raggiunse Giorgio al videogioco. Voleva essere inamovibile: non lo avrebbe lasciato da solo al bar. Non lo avrebbe lasciato solo da nessuna parte, per un po'.

Suo fratello, però, era altrettanto determinato.

«Ma fa caldo, amico! Chi ne ha voglia, di andare in bici adesso? Dài, restiamo qui.»

«No, dobbiamo andare a vedere una cosa.»

«E cosa? Qualche ragazza? Non mi va!» s'impuntò Giorgio.

«No, stavolta non c'entrano le ragazze, Gio'. Ci serve il tuo aiuto, dobbiamo fare una ricerca importante.»

Gli occhi del fratello s'illuminarono.

«Una ricerca?»

«Sì. Dobbiamo...» Luca non sapeva bene che cosa diavolo inventarsi. «Dobbiamo spiare tutte le macchine nere che vediamo.»

«E perché, amico?»

«Perché forse ce n'è una speciale. Una macchina

potentissima. Solo che a vederla sembra una macchina normale, capisci?»

Giorgio corrugò la fronte.

«Davvero? E come la distinguiamo?»

«Be'... La guida un uomo che non è del paese. Per questo è possibile che la targa non sia BL, e nemmeno GE come la nostra, capito? Se vedi una macchina nera con una targa che inizia con lettere diverse, me lo devi dire. Però è un segreto. Non lo devi raccontare a papà e mamma.»

Il fratellino alzò il pollice.

«Okay, amico» e stava già uscendo, pronto ad affrontare la calura.

Girarono Lamon in lungo e in largo per oltre un'ora.

Percorsero via Roma almeno tre volte, salirono fin davanti alla pizzeria chiusa, arrancando sudati sull'asfalto e aspettando Giorgio che restava indietro per via delle ruote piccole della sua bici. Scesero al torrente che scorreva sotto e imboccarono la strada per Col Vigne.

«Raga', lo sapete che qui ci sono i fantasmi? Mirko mi ha raccontato che una sera sua nonna ha incontrato suo nonno che passeggiava.»

«E allora?»

«Il nonno di Mirko è morto nel 1984!»

Giorgio si guardava intorno, allarmato.

«Stai tranquillo, Gio', Alessio dice scemenze.»

Incrociarono tre macchine nere.

«Amico, è quella! È la macchina potentissima!» disse Giorgio mentre li superava la Golf nera di Patrick, rombando che sembrava la McLaren di Ayrton Senna. Era tanto bassa che sfiorava l'asfalto.

«No, Gio', non è quella. È potente, ma non è la macchina che stiamo cercando. Conosco il ragazzo che la guida, infatti la targa è BL.»

Il fratello rimase deluso, ma andarono avanti a cercare. Incontrarono un'altra macchina nera, ma era una Tipo guidata dalla mamma di David: li salutò con un colpo di clacson e li guardò incuriosita.

Percorsero in lungo e in largo la campagna, tra coltivazioni di fagioli e prati in cui cresceva solo erba, un'erba verdissima e morbida che Luca a Genova non aveva mai visto, neppure sulle colline fuori città. La campagna della Liguria era accidentata, scoscesa, piena di rovi inestricabili.

Il pensiero di Genova lo angosciava. Agosto ormai stava arrivando e poi sarebbe venuto settembre, che significava una cosa soltanto: ritorno. Ritorno a scuola, ritorno alla prigione del suo enorme appartamento di Sampierdarena, ritorno a giocare con i Playmobil e il Commodore 64, altro che bicicletta e uomini misteriosi e macchine nere cui dare la caccia.

Poi, mentre si preparavano a imboccare via del Sole, videro in lontananza il muso di una berlina scura.

«Fermati, Lu'» ordinò Alessio.

I freni delle bici stridettero all'unisono.

Erano le cinque meno un quarto e il sole iniziava appena a declinare verso ovest, mentre l'auto avanzava dritta verso di loro.

«Potrebbe essere quella?»

«Be', forse... Forse sì.»

«Allora stiamo pronti a buttarci nel prato, dài, giù dalle bici!» Scesero tutti, Giorgio senza capire perché. Lasciarono le bici a terra e si misero al sicuro nell'erba a lato della carreggiata.

La berlina arrivava e il riflesso del sole impediva di capire chi fosse alla guida. Luca si schermò gli occhi con le mani e quando la macchina fu a una ventina di metri da loro, finalmente, vide bene.

C'era un uomo, al volante, che poteva anche...

Potrebbe essere lui.

Oddio! È lui!

Non era stata una buona idea, cercare quella macchina.

L'adrenalina gli aveva fatto mettere in pericolo se stesso e suo fratello, e adesso? Che cosa avrebbe fatto l'uomo sulla macchina nera?

Scompariremo nei boschi anche noi, come il povero Antonio.

Poi vide la targa: BL.

Notò anche dei piccoli tergicristalli sui fari davanti che non ricordava sull'auto dello sconosciuto.

«Non è questa» disse infine Luca mentre la macchina sfilava davanti ai tre ragazzini. Inoltre l'uomo al volante non aveva i baffi, ma una specie di pizzetto.

«Quello è Lorenzo Caora. Lo so perché mia nonna è stata la sua maestra alle elementari e lui la saluta sempre» spiegò Alessio. «Lo chiamano Caora per via della sua barbetta lunga e sottile, come quella delle capre.»

«Ma che macchina è?»

«Una Volvo 740, Lu'.»

«La forma era simile, solo più corta.»

«E il colore? Quella Volvo era grigio scuro.»

Luca ci pensò.

«Poteva anche essere lo stesso.»

Si fermarono proprio davanti al parco, sudati.

«Oh, minghia, magari poi ci sbagliamo e la targa non c'entra nulla.»

«Io penso che invece hai ragione, la targa può essere un buon indizio. Però mi sembra inutile cercare così a vuoto» disse Luca, scoraggiato. Anche Giorgio si era stufato.

«Amico, io sono stanco, vado a casa.» Lo accompagnarono, anche se la villa dei Ferrari era distante solo cinquecento metri.

Quando suo fratello entrò nel giardino, Luca portò Alessio indietro e gli fece vedere il punto in cui la macchina nera si era fermata.

«Spieghiamolo anche agli altri. Se la cerchiamo in tanti, è più facile trovarla» suggerì il suo amico, ma Luca titubava.

«Penseranno che sono scemo.»

«Ti preoccupi troppo, minghia! Diciamogli che sulla macchina hai visto una brutta faccia e vuoi capire chi è, che c'è di strano? Guarda che a Torino queste cose succedono tutti i giorni. La gente chiama la polizia se vede un sospetto.»

Già, ma come è fatto un sospetto?

«Però vorrei lasciare fuori Samuele.»

«E perché?»

«Perché... Boh, sono sicuro che lui mi prenderebbe per il culo.»

«Ti sta sulle palle per Chiara, lo so.»

Come io starò sulle palle a te, quando saprai di Marica.

Quella considerazione – così elementare e vera – fece sentire Luca terribilmente in torto.

«Ascolta, Ale» iniziò guardandosi la punta delle scarpe rosse, che ricordavano le All Star ma erano una sottomarca sfigata. «Ieri sera è successa una cosa con Marica.»

Alessio lo fissò e Luca non riuscì a interpretarne l'espressione.

«Cioè... in pratica... lei mi ha dato un bacio.»

L'amico si passò la mano nel ciuffo, tirandolo indietro e alzando il mento. Ma distolse lo sguardo, quando parlò.

«Ah. Io credevo che ti piacesse Chiara.»

«Infatti! È così! Mi piace Chiara. Però tornando a casa con Marica ci siamo seduti al parco...»

«Lì al parco dei bambini? Dove siamo passati prima?»

«Sì. Ci siamo seduti e... Insomma, è successa questa cosa, io mica me l'aspettavo... Cioè, non è che Marica mi piaccia o che stiamo insieme, adesso. Almeno, per me non è così. Però non so bene lei cosa pensa, magari crede che ci siamo fidanzati... che casino.»

Luca era così agitato che sentiva il dito ferito pulsare sotto le bende.

Alessio diede un calcio a un sasso e lo mandò lontano.

«Io lo sapevo, che tu piacevi a Marica. L'avevo già capito.» Il tono voleva essere neutro, ma la voce vibrava di un tremito lieve.

Luca si avvicinò. Aveva sempre molte difficoltà con le manifestazioni fisiche. Non si trattava solo delle ragazze, ma anche dei maschi: si sentiva così a disagio quando doveva abbracciare o toccare qualcuno. Forse era perché suo papà non lo abbracciava mai. Mamma lo faceva di più, ma ogni tanto gli aveva pure tirato dei ceffoni. Spesso era stata sola per via degli impegni di papà, e gestire due maschi non era facile, servivano anche le maniere forti, no?

Forse, però, non c'entravano i suoi. Forse era quella storia di essere grandi. I grandi mica li vedevi in giro ad abbracciarsi.

Luca vinse le proprie resistenze e passò un braccio intorno alle spalle di Alessio, scuotendole.

«Oh, Ale, tranquillo! A me Marica non piace. Non ci voglio stare assieme e glielo devo dire. Anzi, le dico di te, magari.»

Sei sicuro? Non vorresti baciarla ancora?

Non importava. Avrebbe rinunciato a baciare ancora Marica e anche a toccarle le tette, se il prezzo era litigare con Alessio.

Ma l'amico si sottrasse all'abbraccio.

«E cosa le devi dire di me, scusa? Guarda che hai capito male, lei mica mi piace. Anzi, è troppo grassa, è un ciospo. Tienitela! Non so nemmeno come hai fatto a baciarla, una così.»

Luca si irrigidì.

«Va be', ora vado. Ci vediamo dopo, se venite giù» tagliò corto Alessio prima di saltare sull'arrampichino con le labbra serrate.

Luca lo guardò pedalare via, mettendoci tutta la forza che aveva, come faceva lui quando voleva farsi notare da una ragazza.

O mandare via i cattivi pensieri.

22

Nuvoloni scuri solcavano il cielo come vascelli fantasma. Arrivavano da un punto particolare tra le montagne: la Valpora. Secondo un proverbio lamonese, non avrebbero lasciato più di un'ora di tempo prima di far piovere: "Quan che la jen dalla Valpora, no te ghe scampe 'n'ora".

S'era alzata anche un'aria fredda che increspava l'erba del campetto. In paese tutti si stupivano quando c'era vento, perché sull'altopiano non tirava quasi mai. A Genova, invece, valeva il contrario: un giorno senza vento era raro.

Sul prato c'erano solo otto giocatori, visto che Luca sedeva a bordo campo con il dito fasciato e l'aria avvilita, mentre Giacomo e Mirko erano andati a Jesolo con i genitori per un fine settimana al mare. Si era aggiunto Piero, che ogni tanto si aggregava se c'era posto, solo che era proprio scarso e inciampava da solo.

Si schierarono in un quattro contro quattro inedito e casuale, senza la sfida consueta foresti contro locali.

«Mi za che tra poc dobbiamo smettere» presagì Christian a voce alta. Sorrideva come sempre, nonostante la minaccia di tempesta.

Guardando gli altri, Luca si sentiva triste e inquieto, e non solo perché non poteva giocare con loro: aveva scelto di gestire senza gli adulti la storia della macchina, e poi c'era il guaio con Alessio. Non si erano chiariti, anzi: quella sera l'amico lo aveva salutato con freddezza, poi si era messo a organizzare le squadre, mostrandosi più affettuoso del solito con Giorgio, quasi a marcare una differenza tra lui e suo fratello.

Non gli è ancora passata. E se non gli passasse mai più?

Quando arrivarono Marica e Chiara lo smarrimento di Luca lasciò il posto a un'agitazione altrettanto fastidiosa.

«Oh, chi si vede! Finalmente!» esordì Marica. C'era una punta di rimprovero nella sua voce.

Gli si avvicinò per salutarlo e Luca temette che lo baciasse sulla bocca davanti a tutti.

Con la lingua, magari, sai che casino!

Per fortuna non accadde, eppure il bacino che Marica gli piazzò sulla guancia fu un po' troppo vicino alle labbra e Luca ebbe paura che lo smascherasse.

Ma tanto Alessio già lo sa. E anche Chiara. Presto lo saprà tutto il paese.

Luca sperò che pure Chiara lo salutasse con un bacino, invece gli disse solo: «Ciao, come va il dito? Meglio?».

«Ma cosa combini?» intervenne Marica. «Chiara mi ha raccontato tutto!»

Lo vedi che si dicono ogni cosa?

Luca ricostruì l'incidente in bici, ingigantendo la sua tempra di uomo resistente al dolore – «Oggi pomeriggio mi ha fatto malissimo, ma ho resistito, voglio evitare i punti» – e, pensando di fare cosa gradita a Chiara, magnificò la prodezza infermieristica di sua madre: «Per fortuna che c'era lei, mi stavo dissanguando».

«Per mamma è roba di tutti i giorni, tranquillo» ridimensionò Chiara. Le ragazze sedettero e Marica si sistemò accanto a lui.

Luca guardò la spallina di cotone che spuntava da sotto la maglietta, poi non poté evitare di scivolare con gli occhi sullo scollo a V e nel solco del seno. Avvertì una vampata di desiderio puro come l'acqua del Cismon.

Dovrei baciarla io, altroché. Per una volta sarei al centro dell'attenzione. Per una volta qualcuno invidierebbe me e non il contrario.

In quei giorni le sensazioni prendevano il sopravvento sulla ragione. Aveva dentro una specie di drago che si svegliava furioso, sputando fiamme a suo piacimento. Una bestiaccia impaziente che se ne fregava di tutto. Il drago aveva fame e non poteva attendere il giorno in cui Luca avrebbe conquistato il cuore di Chiara.

Tanto, quel giorno non arriverà mai.

Notò il sorriso che Samuele le indirizzava dal centrocampo. Purtroppo Chiara rispose complice, dissolvendo ogni dubbio: come il temporale che covava da ore e stava per esplodere con tutta la sua forza su Lamon, così l'amore tra quei due si preparava a scoppiare.

Samuele e Chiara erano belli, si conoscevano da sempre, venivano dallo stesso paese. Lui piaceva a tutte le ragazze, lei a tutti i ragazzi. Non esisteva una coppia meglio assortita. Insomma, era giusto così. Samuele era il tipo che ha sempre ciò che desidera, Luca doveva accontentarsi di quanto gli capitava. E gli era capitata Marica.

Ma non devi arrenderti! Insisti! Rigore è quando arbitro fischia, dice il mister Boškov.

Dieci minuti e dal cielo iniziarono a cadere goccioloni sempre più fitti. David fermò la palla con le mani e disse «Dài, bòcie, basta, andon al bar ché él pièu!»

Appena il gioco s'interruppe, Samuele puntò verso Chiara. La avvicinò e le diede un bacio veloce. Sulle labbra.

Luca dovette sforzarsi di restare impassibile per dissimulare stupore e delusione.

L'arbitro aveva fischiato il rigore, non c'era più nulla da fare, il temporale esplodeva sul cuore e non c'era un posto in cui rifugiarsi.

La pioggia aumentò rapidamente di intensità e li costrinse a sbrigarsi. Corsero quasi tutti verso il bar di Angela, a parte Christian, che disse: «Zi vedon doman serata», nel suo strano ibrido di tedesco e dialetto lamonese. Anche Francesco, che abitava sopra la pizzeria dei suoi, rinunciò. Aveva tanta strada da fare, per giunta in bici.

«Diobon, come mi lavo stasera!» gridò andandosene.

Alessio, invece, si avviò da solo.

Giorgio cercava di coprirsi la testa alzando dal collo la maglietta ma si bagnava lo stesso, aspettando il fratello maggiore.

«Sbrigati, amico! Piove!»

Luca scacciò i pensieri e corse insieme a lui verso il bar. Dentro trovarono anche il figlio undicenne di Angela che giocava a *Double Dragon*.

«Vuoi entrare con me? Sono al primo livello» chiese a Giorgio, cui non parve vero di trovare un partner così, al volo.

«Amico, mi presti qualche gettone?» domandò, impaziente. Luca gli affidò mille lire da cambiare per cinque partite, anche se non aveva intenzione di trattenersi molto.

Sembrava molto tardi, perché le nuvole rendevano la sera buia, nonostante fossero solo le otto e dieci. Adesso che pioveva e la sera si avvicinava, la strada verso casa incombeva come un'ombra minacciosa.

Sedettero a uno dei tavoli grandi in legno lucido e chiaro che sembravano sempre nuovissimi e ordinarono chi una Fanta, chi una Coca, chi un'acqua brillante. Carlo prese un pacchetto di patatine e, quando lo aprì, ci trovò dentro una di quelle manine di gomma che si allungavano: iniziò a tirarla sul piano di legno.

«Sembra un verme» disse Chiara.

«Baréa, che schifo» commentò Marica con una smorfia. Luca guardò fuori: la pioggia, la strada bagnata e l'aria fredda facevano pensare già all'autunno. Le giornate si accorciavano e un'autostrada dritta verso la città cominciava ad affacciarsi nei suoi pensieri.

Avrebbe voluto riavvolgere il tempo fino a giugno, quando c'erano le giostre e l'autoscontro e le casse mandavano a palla *Ti pretendo* di Raf e *Tell Me* di Nick Kamen, anche se non avrebbe mai comprato i loro dischi. Figurarsi *Lambada* dei Kaoma! Però, quando le sentiva a tutto volume guidando contro le auto dei suoi amici o spingendo Alessio sul calcinculo mentre cercava di acchiappare al volo il pellicciotto appeso in alto, anche quelle canzoni andavano benissimo. La musica può farti stare meglio, ma è pur vero che, quando stai bene, suona bene qualsiasi musica.

Quella sera, invece, la radio passò Francesco Salvi e Fabio Concato e a Luca parvero ancora più detestabili del solito. Per fortuna il volume era bassissimo.

Samuele, con noncuranza, allungò un braccio sullo schienale della sedia di Chiara.

Luca stava quasi riuscendo a ignorarli e a comportarsi come se niente fosse, quando sentì la mano di Marica, seduta accanto a lui, posarsi sulla sua.

Quel tocco gli fece lo stesso effetto di una rana che fosse saltata sul tavolo, s'irrigidì come un manichino, poi sgusciò rapidissimo dalla stretta fingendo di doversi sistemare la benda del pollice.

«Allora, gliel'hai detto o no della macchina?» chiese Alessio senza preavviso.

Luca rimase basito.

Ma era un segreto! Si è accorto che Marica mi dava la mano e lo ha fatto apposta!

«No, veramente... È una cosa nostra, se ti ricordi» gli uscì. Intercettò lo sguardo di Chiara dall'altra parte del tavolo e gli parve di leggervi stupore. Forse dispiacere, per il modo in cui Alessio lo stava tradendo davanti agli altri.

Ma sono io che ho tradito lui, con Marica. L'amico scosse il ciuffo rosso e scrollò le spalle.

«Da soli non risolviamo nulla. Magari invece con Samuele e David la becchiamo.»

«Non capisco. Cos'è questa faccenda, tosàt?» domandò Marica.

Anche David, Samuele e Carlo smisero di parlare dei fatti loro e si sporsero in avanti sulle sedie. Adesso erano tutti rivolti verso Luca per sapere quale segreto stesse nascondendo. Non aveva scelta.

Raccontò tutto per due volte e rispose a domande simili a quelle che gli avevano fatto Chiara e Alessio: se era sicuro di ciò che aveva visto – «No, non sono sicuro di nulla» – perché non lo diceva ai suoi – «Non mi crederebbero e, se anche lo facessero, alla fine mi rinchiuderebbero in casa, o magari mi farebbero tornare a Genova» – perché non voleva chiamare i carabinieri – «Ma i carabinieri di Lamon cosa vuoi che sappiano?» – anche se, in fondo, era lui a non sapere nulla dei carabinieri di Lamon.

David, però, aggiunse un particolare interessante, sebbene tra il dialetto e il suo costante mangiarsi le unghie non fosse semplice decriptare il messaggio.

«Comunque la è sentùa anca mi, la storia di Mussat. La me l'ha contaa me mare. Anca ela la dis che no l'è vera che Mussat al ghe a fat del mal a quel boceta, Antonio...»

«E come fa a saperlo?» chiese Alessio.

«La dis che Mussat no l'era miga catìo, anzi! L'era bon fa il pan, cussì la se recorda ela.»

«E allora perché è scappato?» intervenne Luca.

«L'è che quando l'è stat ciapà entro 'sta storia del boceta tutti quanti, anca i só amighi de Lamon, no je stat dala só banda. E 'lora l'è 'ndat an tel bosc e dopo l'è sparì. Magari ormai l'è anca morto.»

Tra i ragazzi scese il silenzio.

Luca fissò Alessio, arrabbiato per il tradimento. Lui, invece, sembrava tranquillo, e riprese in mano la discussione.

«Va be', comunque sia, c'è questa macchina e non possiamo far finta di niente. Magari il tizio che la guida fa del male a qualcuno. Dovremmo cercare di scoprire chi è.»

«Se lo ciàp lo met a posto mi, 'sto cojon. An tel nos paes no l'ha da vegnér» ringhiò Samuele.

Ecco, è arrivato Superman. Ma io? Sono stato io a vedere quella presenza nel bosco. E la macchina nera. Sono io che ho avuto paura. E sono sempre io che stasera devo tornare a casa con mio fratello piccolo!

Provò un'assurda gelosia. Stavolta non era per Chiara, ma per la sua storia. Volevano rubargli la sua avventura. Volevano farlo tornare al ruolo di spettatore, al massimo di comparsa, perché Samuele avrebbe recitato la parte dell'eroe. Era scritto. Ormai la macchina nera e il suo sconosciuto pilota erano un problema di Lamon e dei suoi amici.

Amici. Forse ho creduto troppo presto di averne.

«Domani mattina potrebbe essere un buon momento per beccare 'sta macchina, con la messa tutto il paese è in giro» disse Alessio.

«Ma come fa a riconoscerla?» obiettò Samuele indicando Luca con un cenno del mento. «Non sa nemmeno come è fatta una Golf!»

«Se dico che la riconosco, la riconosco» ribatté lui, sforzandosi di sembrare risoluto.

Chiara, intanto, stava zitta, con lo sguardo scuro. Sembrava l'unica a capire che per lui era una situazione di merda. Marica, invece, proprio non ci arrivava ed era tutta entusiasta.

«Ma ci pensi, Luca? Magari è una storia importante.» Gli poggiò la testa sulla spalla e Luca provò a divincolarsi, ma era troppo tardi.

«Ma stéo ansieme, oaltri doe?» ruppe gli indugi David, diretto come un pugno di Mike Tyson.

Gli sguardi di tutti tornarono a concentrarsi su Luca, che vide il volto di Alessio contrarsi.

«Piantala, mona! No le è robe che te riguarda!» disse Marica alzandosi e lanciando il centrotavola ricamato contro David. Un lembo lo prese nell'occhio e lui si sbilanciò in modo goffo. Finì per terra trascinandosi dietro la sedia e fece scoppiare una risata generale.

Luca rise fortissimo, ben più di quanto non meritasse la situazione, ma voleva sviare i sospetti.

«Diopovero, tosàt, che tega» si lamentò David, toccandosi una spalla: lo disse in modo così comico che le risate aumentarono e Angela venne a vedere cosa succedeva.

«Féo che, tosàt? No ste a smontarme il locale!»

Grazie, centrotavola, grazie.

Luca sfruttò la confusione per alzarsi in piedi e allontanarsi da Marica, evitando ulteriore imbarazzo.

«Va be', ragazzi, vado a casa con mio fratello. Domani mattina ci vediamo in piazza per le dieci?»

«Io ci sono» fece Alessio, «controllerò tutte le macchine nere che incontro. Sicuro che lo becco!»

Vuol farsi vedere da Marica. Vuole trovare la macchina e dimostrarle che vale più di me.

Forse era vero, ma non importava. Importava trovare quell'auto. Anche gli altri dissero che ci sarebbero stati, solo Carlo aveva dubbi sull'orario.

«Devo aiutare mia madre a tagliare l'erba.»

«Noi veniamo dopo, dobbiamo andare a messa. Giusto, Chiara?» chiese Marica.

L'amica fece cenno di sì, ma con poco entusiasmo.

«Ma va tu da sol? Saròe mejo vignér con ti» disse David.

«È vero! Anzi, dovremmo andare tutti» propose Marica.

A Luca non sarebbe dispiaciuta una scorta, ma gli eroi se la sbrigano da soli. «Non serve, prendo la scorciatoia nei campi e passo da dietro, così controllo prima se c'è qualcuno. Se siamo in troppi diamo nell'occhio.»

«E se invece trovi il tizio della macchina?» chiese Marica. Chiara ascoltava preoccupata.

«Siamo in bici, facciamo presto a scappare. E comunque ieri sera mi ha fregato la sorpresa, ma stasera no» spiegò Luca, e il suo ego ebbe un sussulto di orgoglio.

Poi salutò e uscì dal bar con Giorgio.

Il vento agitava appena le pozzanghere, ma non pioveva più, il temporale era già finito.

Magari la Forza sta ricominciando a manovrare le sue leve.

«Amico, lo sai che abbiamo battuto anche il gigante Abobo?»

«Davvero? E poi?»

«Abbiamo incontrato l'altro nemico, Jeff, e ci ha picchiati di brutto, ha un montante da paura. Peccato, dopo rimaneva solo Willy, il capo dei Black Warriors.»

«L'ho visto una volta, nella sala giochi a Genova. Ha un mitra e, se ti spara, basta un proiettile e perdi la vita subito.»

«Comunque ora so come fregare Abobo. Vedrai che arriviamo anche noi a Jeff e lo battiamo. Prima di tornare a Genova dobbiamo finire il gioco.»

Avevano appena raggiunto le biciclette, quando Luca sentì una voce da dietro le spalle.

«Ehi! Un attimo!»

Magari fosse stata Chiara, venuta a spiegargli perché aveva dovuto spezzargli il cuore. "Perdonami, Luca, ma ho scelto Samuele perché tu vivi troppo lontano. Non potrei resistere tutti quei mesi senza di te!"

Sarebbero andate bene anche le scuse di Alessio. "Non dovevo svelare il nostro segreto, mi dispiace, sono impazzito di gelosia."

Invece era Marica.

«Non ci siamo nemmeno salutati!»

«Gio', avviati, ci vediamo davanti al cortile dei nonni» disse Luca.

«Ma vuoi passare da loro?»

«No, andiamo a casa.»

«E allora che ci vado a fare?»

Luca lo guardò male.

«Ho detto vai avanti, non rompere!»

Controvoglia, Giorgio partì.

«Però non superare il cortile, mi raccomando. Arrivo subito.»

Marica lo raggiunse. Luca sapeva che doveva parlarle. Dirle che avevano sbagliato a baciarsi, che non voleva stare insieme a lei e nemmeno ferire Alessio. Confessarle che c'era Chiara nel suo cuore, anche se lei si era messa con Samuele... Dirle che era un casino, chiederle scusa.

Solo che, mentre formulava questi nobili propositi, Marica gli stava già ficcando la lingua in bocca. E lui si rese conto che, a dispetto di tutto, non vedeva l'ora di assaggiare ancora quelle labbra e provare la sensazione di scivolare l'uno sull'altra.

Istintivamente andò avanti con il petto, per sentirsi addosso il seno di Marica, e con il bacino. La sua mano destra, nonostante il dito bendato, si animò manco fosse il guanto assassino di Freddy Krueger. Prima le dita tastarono in modo confuso la spallina di cotone che Marica portava sotto la maglietta, poi si fecero coraggio e sfiorarono la pelle morbida del seno, poi osarono ancora, puntando a un traguardo inatteso, meraviglioso, impossibile: il capezzolo.

«Ehi, genovese! Calma!» disse Marica ridacchiando e staccandosi da lui, che rimase lì, un po' imbarazzato e un po' fiero del suo azzardo.

Lei gli diede ancora un bacio velocissimo.

«Vai, ché ti aspetta il fratellino.» Si voltò e andò via, risistemandosi la spallina mentre si allontanava.

Luca avrebbe giudicato quella scena buffa, fino a dieci minuti prima.

Adesso quella parte di lui che ancora non conosceva avrebbe voluto correrle dietro. Era come in *Voglia di vincere*, uno dei suoi film preferiti, in cui Michael J. Fox scopriva di essere un licantropo e girava per la scuola trasformato. Ma, grazie ai poteri che all'inizio lo spaventavano, diventava il figo del liceo: giocava bene a basket e, soprattutto, piaceva alle ragazze. Immaginò altri licantropi, mostruosi, per tutta la strada che divideva lui e Giorgio da casa.

Ma non successe nulla: presero la scorciatoia nei prati e arrivarono a casa sani e salvi, senza vedere la luna e senza incontrare macchine nere.

Andarono in bagno a turno, si lavarono i denti, si misero il pigiama e s'infilarono a letto. Tutto fu assolutamente normale e al tempo stesso straordinario, perché il pensiero di Marica non voleva andare via, insieme al turbinare di emozioni legate a Chiara, Samuele e Alessio.

E se mi sono sbagliato davvero? Se non c'è nulla di cui aver paura e il tipo in macchina era un villeggiante? Che figura ci faccio? Sono finito.

A questo pensava Luca, sotto le coperte, nel buio della camera. Ma pensava anche a Marica: la sensazione del corpo di lei contro il suo era un veleno contro il quale esisteva un solo antidoto.

Nel silenzio della casa che si addormentava, accarezzandosi tra le gambe con la mano sana, Luca si liberò di quel veleno e riuscì, finalmente, a prendere sonno.

23

Quando si svegliò, la mattina seguente, per prima cosa Luca andò in bagno a controllare il taglio sotto la fasciatura: sembrava asciutto e iniziava a chiudersi.

Fa' presto, che devo tornare a giocare!

Non appena lo vide sua madre gli acchiappò la mano per ispezionare pure lei la ferita.

«Ma perché non andiamo dal medico?»

«Sta guarendo, ma', non vedi?»

«E se mentre si chiude fa infezione? Magari dovresti prendere un antibiotico.»

Anche suo padre, che faceva colazione, si avvicinò a controllare.

«Vedrai che passa.»

«Figurati se non mi contraddiceva.»

«Ma no, non voglio contraddirti. È solo che davvero mi sembra che vada meglio, Francesca.» Strizzò l'occhio al figlio con aria complice e Luca gli sorrise: bastava un gesto così per dimenticare i momenti in cui lui era distante.

Papà era un grande, anche se in pochi si rendevano conto di quello che faceva per il bene di tutti. Era un po' come l'Uomo Tigre, che lottava senza mai mostrare il suo volto per salvare i bimbi dell'orfanotrofio e sconfiggere gli assassini della Tana delle Tigri.

«Stamattina tu e Giorgio avevate molto sonno, eh?» disse spalmando la marmellata di fragole su una fetta biscottata.

«Perché?» domandò Luca con uno sbadiglio.

«Sono le nove e un quarto.»

Luca sgranò gli occhi.

«Le nove e un quarto?» Si rese conto che non aveva controllato la sveglia sul comodino e guardò solo allora l'orologio appeso in cucina.

Era tardissimo.

«Gli altri mi aspettano a messa!»

«E da quando sei diventato uno che va a messa, figlio mio?»

«No, non ci vado! Andiamo fuori dalla chiesa, a vedere...»

«Vedere cosa?»

Se troviamo una macchina nera con sopra un tizio che forse è un criminale.

«Boh... A vedere la gente, no? Chi passa. Si fa sempre così, la domenica.»

«Ah.»

Luca ingurgitò una tazza di latte mezza fredda insieme a un Tegolino e scappò in bagno a lavarsi.

In camera fece un gran casino apposta per svegliare Giorgio e potersi sbrigare. Non ci volle molto, appena lo vide suo fratello in piedi scattò pure lui.

«Dove vai, amico?» domandò allarmato, sforzandosi di sembrare sveglio, ma serrò gli occhi a fessura quando Luca aprì le imposte.

«In piazza, Gio'. Però tu resta pure a casa, non facciamo niente di che.»

L'altro si tuffò fuori dal letto.

«No! Voglio venire anch'io.»

«Però ti devi preparare adesso, eh? Subito.»

Giorgio eseguì, rapidissimo, tralasciando il fastidio di lavarsi.

Quando tornarono di sotto, il padre era ancora in cucina a bere il caffè, insolitamente rilassato.

«Pa', non lavori oggi?»

«No, mi voglio riposare. E stasera vado a giocare a tennis.»

«Magari passo a vederti.»

Vorrei che papà fosse sempre così.

Poi, però, gli venne un altro pensiero, peggiore.

È contento solo perché se ne torna a casa.

La vittoria a calcio sui lamonesi risaliva a tre giorni prima, eppure sembrava così distante. Luca cercava di trattenere nitidi i ricordi di quel momento perfetto. Ma quelli già svanivano, costruzioni di sabbia che si sgretolavano alla prima mareggiata.

Luca e Giorgio uscirono con le bici.

La pioggia era ormai dimenticata, il cielo offriva ai fratelli un blu brillante che a Genova non ricordavano di aver mai visto. Dalle finestre di Sampierdarena l'orizzonte concedeva soltanto lo spettacolo di un enorme istituto scolastico gestito dai preti. Il cielo era un fazzolettino azzurro steso tra il terrazzo sopra il loro e le tegole sul tetto della scuola.

«Eppure al telegiornale hanno previsto una specie di bufera» disse Giorgio perplesso. La sua speranza di ammirare uragani non moriva mai.

«Si saranno sbagliati come sempre.»

Raggiunsero la piazza e trovarono David e Alessio seduti sulle panchine vicine al Duomo. David stava giocando a *Donkey Kong Jr.*, sul suo Game & Watch portatile.

Alessio, invece, leggeva "La Gazzetta dello Sport".

«Tutto bene ieri? Incontrato nessuno mentre tornavate a casa?» domandò senza troppo interesse. Luca temette che, di proposito o per leggerezza, il suo amico combinasse un altro guaio e parlasse dell'uomo misterioso sulla macchina nera davanti a Giorgio.

«Nessuno» tagliò corto Luca. «È già iniziata la messa?»

«Sì, da diese minuti» rispose David senza alzare gli occhi dal videogame.

«Avete mica visto le ragazze?»

«Le è in ciesa, ma no le me manca!» scherzò quello e, per fortuna, non alluse a Marica e Luca come la sera prima al bar.

«Amico, mi dai i soldi, che vado a comprare il giornale?» chiese Giorgio. Andare in edicola da solo era una di quelle cose che lo entusiasmava. Lo faceva sentire grande.

Luca gli allungò il denaro. «Sì, prenditi anche "Topolino", se vuoi.»

Giorgio si avviò e Luca si sedette vicino ad Alessio.

«Che dice la Rosa?»

«E che vuoi che dica? Solite cose, parla sempre della Juve. Io comunque non so come fai a tifare per i gobbi, tu che sei di Genova. Avete la Samp e il Genoa. Ma si può?»

«Chi l'ha detto che uno deve tifare per la propria città? Magari non mi piace. Comunque pensa per te, che il Toro sta in B» affondò Luca, scherzando ancora. Però quando Alessio lo rimbeccò con un «Ma vaffanculo, va'» non colse nulla di allegro nel tono dell'amico.

Gli venne un pensiero maligno, ma sincero: aveva fatto bene a baciare Marica al parchetto la prima sera, e pure quella dopo.

Così impara, 'sto sfigato. Sa dire solo cazzate. La musica, Tozzi, la figa. Tutte invenzioni. E poi anch'io ho imparato qualcosa: Alessio non è l'amico che pensavo.

In quel momento si materializzò Samuele. Portava jeans neri attillati sopra gli stivaletti corti di El Charro, neri pure loro. Aveva i capelli legati in un codino e pieni di gel. L'orecchino rifletteva il sole di quella mattina. «Ciao tosàt» salutò sedendosi.

«Aspetti Chiara?» gli domandò Alessio e Luca si sentì attorcigliare le budella.

Samuele fece uno dei suoi sorrisi a tremila denti.

«Certo. Voglio portarla a fare un giro con il motorino prima di pranzo, se non ci sono quei rompipalle dei suoi genitori.»

Luca pensò alla mamma di Chiara che gli bendava il dito ferito. Non sembrava una rompipalle.

Samuele si mise comodo su una delle panchine, esponendo il viso già abbronzato al sole, beato.

Erano tutti così sereni, solo Luca sentiva un fastidio dentro, come certi sassolini che ti entrano a volte nella scarpa e non riesci a ignorarli, devi per forza levarti la scarpa e pure il calzino.

Vide suo fratello arrivare di corsa con il giornale in mano, sbracciandosi.

«Amico! Amico!»

Luca corse verso di lui.

«Che c'è, Gio'?»

«La macchina! C'è la macchina che cercavamo ieri!»

24

Lo sentirono tutti e David si dimenticò di *Donkey Kong Jr.*, Alessio della "Gazzetta", Samuele del sole sulla faccia, Luca dei sassolini che pungevano in testa.

«Dove, Gio', dove?»

«Lì» indicò Giorgio oltre la piazza, «è ferma dopo la farmacia!»

Si mossero tutti insieme veloci, guidati dal più piccolo.

«Ecco!» indicò ancora Giorgio, esaltato. «È quella?»

Luca girò intorno alla berlina e solo dopo aver letto la targa fece caso al modello: era una Fiat Croma.

«Minghia, è nera, Lu'! Ed è targata Roma!» disse Alessio, di colpo interessato.

Tutti e cinque guardavano la macchina, ma fu David il primo ad avvicinarsi. Poggiò una mano sul vetro per schermarsi dal sole e sbirciare dentro. A turno gli altri presero coraggio e fecero altrettanto.

Un paio di lamonesi rivolsero occhiate perplesse a quei ragazzini che giravano intorno a una normalissima macchina.

«Minghia, ragazzi, basta! Ci guardano tutti» disse a bassa voce Alessio tirando via David.

«Comunque no ved gnent de strano.»

«Mi me par de sì!» ribatté Samuele.

«Perché? Che c'è? Che ha, la macchina?» Luca era nel pallone e si guardava intorno, temendo che l'uomo che l'aveva aspettato in via del Sole saltasse fuori con un mitra, e sparasse addosso a tutti.

«Non vedi? Non c'è niente, in 'sta macchina! Nessun foglio, nessuna giacca, tutto pulitissimo!»

«E allora?»

Samuele sembrava meno baldanzoso del solito. «Se uno vuol nascondere qualcosa non lascia traccia, no? Però andiamocene, adesso. Meglio controllarla da lontano, il proprietario potrebbe tornare.»

«Samuele l'ha reson. Andon via da qua.»

Giorgio si sforzava di capire. Luca osservò ancora una volta il muso dell'auto, le quattro strisce parallele che c'erano su tutte le Fiat.

C'erano quattro strisce, sulla macchina che mi ha aspettato? Sì. È possibile.

Poi David lo spinse via e si allontanarono fino al muretto vicino al municipio, dove potevano stare seduti e guardarla con la certezza di non essere scoperti. Erano solo a una trentina di metri.

«Minghia, ragazzi, mi sembra una puntata di *Telefono giallo*» commentò Alessio. «Se c'è una macchina sospetta è proprio quella.»

«Ma perché "sospetta"? Cosa vuol dire?» chiese ancora Giorgio.

«Perché... perché non sappiamo chi la guida, Gio'!»

«E che ha di particolare? A me sembra uguale alle altre!»

Giorgio proprio non capiva e i quattro ragazzi più grandi si fissarono l'un l'altro.

«Be', Gio', non è che si vede...» esitò Luca. Le domande di suo fratello iniziavano a metterlo in crisi.

«L'ha 'n motor speciale, Giorgio. An motor potente de titanio, sot al cofano. La pol ruar a trezento l'ora, ma l'è vietà, satu? Se te brinca la polizia, i è guai» spiegò David e Luca gliene fu enormemente grato, perché lo toglieva d'impaccio, anche se il dialetto del loro amico biondo era così serrato che forse Giorgio si era perso qualche pezzo.

«Ah, ho capito» disse invece.

«È quella che avevi visto o no?» chiese Samuele.

Allora? È il momento: sì o no?

«Sì, dev'essere quella, per forza» rispose Luca, vincendo i dubbi. Di notte non si era reso conto che fosse una Croma, ma quella era una berlina, scura e con una targa di un altro posto.

Torna tutto.

Rimasero a controllare l'auto parcheggiata e le facce che transitavano in zona: nessuno le si avvicinò, nessuna persona sospetta attraversò la piazza.

L'uomo che aveva visto di notte portava un cappellino e aveva i baffi. Ma di un cappellino ci si poteva disfare in qualsiasi momento. Quanto ai baffi, li portavano quasi tutti, a parte suo padre. Magari se avesse visto da vicino quell'uomo, si sarebbe ricordato di altri dettagli.

Le campane suonarono e Samuele scattò in piedi.

«È finita la messa! Ragazzi, io devo andare, Chiara mi aspetta. Voi non mollatela!» ordinò correndo via.

Eccolo, Superman, che per un giro in moto con la ragazza abbandona gli amici nei casini. Facile dare ordini, mentre te ne vai.

Ma era inutile recriminare.

«No se ved più gnent, diobon...» considerò David accennando con il mento alla piazza dove la piccola folla uscita dalla messa si disperdeva in varie direzioni, coprendo la loro visuale.

Luca temette che spuntasse Marica, mentre lui era lì impegnato in missione con Alessio, David e Giorgio. A quel pensiero, senza volerlo si ritrovò a cercare tra la folla Chiara e la intravide in lontananza, con Samuele. Si dirigevano verso il Califfone, tenendosi per mano.

Pensa alla macchina.

«Bisogna che andiamo più vicino, ragazzi» disse agli altri. «Sennò rischiamo che la macchina...»

Non fece nemmeno in tempo a finire la frase che si rese conto che la Croma si stava spostando. La gomma sinistra, sul lato strada, era ruotata verso l'esterno, poi si accese la freccia.

«Parte, parte!» gridò Luca attraversando la piazza di

corsa, seguito a rotta di collo da Alessio e Giorgio, ma la macchina si era già immessa placida sulla strada.

Luca corse ancora pochi metri, con le ultime forze, fissando quella targa Roma così fuori posto lassù in paese; però capì che non aveva senso, non poteva inseguire una macchina di corsa, anche se aveva distanziato tutti gli altri, sospinto dalla foga.

Nella targa che si rimpiccioliva Luca lesse la propria sconfitta: forse non avrebbe avuto altre occasioni di scoprire chi era quell'uomo né di andare da suo padre per raccontargli qualcosa di vero, di certo, non solo fantasie confuse o brandelli di ricordi cui nessuno avrebbe dato credito.

«Mi no lo lag scampar!» sentì dire, da dietro le spalle.

Poi David gli sfrecciò di fianco in sella alla sua bici, affondando sui pedali con tutta la forza che aveva. Sembrava quel ciclista giovane di cui parlavano i giornali, il velocista biondo e fortissimo: Mario Cipollini.

«Vai, David, vai!» urlò Giorgio. Ce la faceva, cazzo, ce la faceva perché la Croma andava tranquilla e invece David pompava come un forsennato, sprigionando potenza sui pedali, le ruote che vorticavano. Sembrava volesse sfondarla, la bicicletta, spaccarla in due a colpi di quadricipite.

L'auto e il suo inseguitore sparirono dalla vista oltre la chiesa di San Daniele, diretti verso la zona di via Ferd e il campetto. A Luca venne un'ondata improvvisa di paura per David, di sgomento e d'incertezza. Si voltò verso Alessio e Giorgio, che lo stavano raggiungendo.

«E adesso? Che facciamo?»

«Prendiamo le bici!» suggerì Giorgio.

«Ma se David ritorna, magari non lo incontriamo!»

Luca sentiva la ferita al dito pulsare di nuovo, un allarme nella carne.

«No, continuiamo a piedi» decise. Camminarono veloci fino ai due supermercati, sistemati uno di fronte all'altro: inspiegabile anomalia in un paese di tremila abitanti.

C'era anche la caserma dei carabinieri. Luca non considerò neppure l'ipotesi di cercare aiuto lì dentro. Se già suo padre faticava a credergli, figurarsi i carabinieri. Magari sarebbero venuti a casa, avrebbero raccontato tutto ai suoi e sarebbe finita in un disastro, peggio che mai.

Il ragazzino ha troppa fantasia e ci ha fatto perdere tempo. Dovete controllarlo di più.

Poco distante c'era un arco di pietra del 1664 – così era scritto – da cui si entrava nel cortile dove abitavano i nonni. Ma neppure a loro poteva rivolgersi.

C'era anche un bivio: a sinistra si poteva scendere per via Ferd, a destra si prendeva la strada che conduceva alle frazioni più basse del paese e proseguiva fino a Castel Tesino, che ormai era provincia di Trento.

Non sapendo quale direzione imboccare rimasero fermi davanti al piccolo emporio con l'insegna TUTTO PER

LA CASA. Giorgio si perse a guardare un gatto nella vetrina che pareva esposto insieme agli oggetti in vendita.

«Ma è vivo! Respira.»

Fu allora che David spuntò dalla strada che portava alle frazioni di Ronche e Piei. Era madido di sudore e rosso in viso, pedalava piano. Quando si fermò con l'arrampichino davanti a loro, ansimava.

«Cos'è successo? Stai bene?» gli chiese Alessio, mentre quello chinava la testa sul manubrio per riprendere fiato.

«È fat mejo che podéa, però él me ha stacà ja dai carabinieri» spiegò, indicando la caserma. «Fossi l'ha acelerà parché él me ha vedù, no sé… Alora son 'ndat dò par an toc, verso le Ronche. Ma gnent.»

Sui ragazzini scese una pesante nube di delusione. Poi David s'illuminò di un sorriso e aggiunse: «Ma tornando 'ndrio è vedù la machina e adess è capì onde ch'él sta!».

Luca sussultò.

«Davvero? E dove?»

«All'albergo Miramonti. La Croma l'è là» indicò: non erano neppure cento metri da dove si trovavano.

Senza bisogno di aggiungere altro si avviarono verso l'albergo, loro tre a piedi e David sulla bicicletta.

L'albergo dava sulla strada, come il suo parcheggio, un piccolo spiazzo di ghiaia leggermente in discesa. Dal parcheggio alcuni gradini portavano in una specie di giardinetto con le panchine, abbastanza selvatico e pieno di erba, sempre di proprietà del Miramonti. I ragazzi, però, restarono sulla carreggiata, camminando piano e guardandosi attorno come soldati in avanscoperta.

«Ecco, l'è quela» disse David indicando.

La Croma stava anonimamente parcheggiata tra altre macchine.

«Hai visto quello che guidava?»

«No. L'ha girà prima, antànt che mi 'ndea 'n dò.»

Ripassarono due volte, confabulando.

«Potremmo entrare a chiedere in albergo» propose Alessio.

«Ma sei matto? Il padrone è il cugino di mia nonna e andrebbe subito a raccontarle tutto.»

«Amico, ma perché non lo dici a papà? Lui può fargli fare la multa, no?»

Di fronte a quell'obiezione così sensata, Luca si chinò per parlargli faccia a faccia.

«Gio', questa storia è un segreto, te l'ho detto. Dobbiamo pensarci noi, per ora. Poi vedremo, okay? Tu però mi devi promettere di non parlarne con nessuno tranne che con noi.»

Giorgio guardò le facce serie degli altri e quando disse a Luca: «Okay, amico, va bene» per la prima volta lui vide solo un bambino intimorito dai più grandi, ma disposto a tutto pur di non deluderli. Se non ci fossero stati David e Alessio, forse gli avrebbe fatto una carezza.

«Vedrai come ci divertiamo a scoprire chi guida la macchina.» Cercò di sorridergli.

Giorgio gli avvicinò la bocca all'orecchio. «Ora però dobbiamo andare, sennò papà e mamma si arrabbiano. Abbiamo le bici da prendere in piazza.»

Era vero, in paese ci si metteva a tavola quando la campana batteva mezzogiorno. Mancava un quarto d'ora e loro avrebbero dovuto trovarsi già sulla via di casa.

«Mi sa che abbiamo tutti lo stesso problema con il pranzo. Come facciamo?» chiese Luca, sentendo il rumore di piatti che veniva dalla cucina del Miramonti.

L'uomo della Croma è lì comodo che sta per pranzare, seduto in pace nel suo albergo. E noi dobbiamo andare via.

«Torniamo oggi per le quattro e vediamo se esce» propose Alessio, che sembrava aver buttato alle spalle ogni rancore legato a Marica. Anche per Luca la questione somigliava a un ricordo lontano. Meglio, che non fosse venuta con loro. Erano faccende da uomini.

Ma Chiara no. Chiara, la vorrei qui con me.

«Va bene, ci vediamo alle quattro. Però troviamoci giù nel giardinetto, così non diamo nell'occhio. Tanto al padrone dell'albergo non dà fastidio se stiamo lì, me lo ricordo, ci siamo già venuti.»

«Se vuoi, posso chiamare Samuele al telefono» disse Alessio. Chissà se lo faceva apposta anche questa volta, a tirare in mezzo il rivale di Luca, che fu sul punto di dire no.

Ma così ti giochi anche Chiara.

A lei non voleva rinunciare e se per averla vicino doveva prendersi il pacchetto Chiara più Samuele e assistere ai loro baci con il cuore pieno di chiodi, be', l'avrebbe fatto.

«Okay, diglielo, può esserci utile» concesse, sentendosi insolitamente padrone della situazione. Era un sollievo.

Prima di tornare indietro scrutò una volta ancora l'albergo Miramonti, i suoi terrazzini, le persiane rosse di legno consumato dagli anni, dal sole, dalla pioggia, dal ghiaccio. Pensò all'interno, a quei pavimenti di linoleum e a quelle scale cigolanti che sembravano usciti da un film in bianco e nero e al loro uomo, seduto nella sala da pranzo troppo grande, in mezzo ai vecchietti dei paesi vicini che venivano a Lamon a prendersi il fresco.

Vuole fare del male a papà.

O alla famiglia intera.

O a tutto il paese!

Forse no. Forse ci stiamo inventando tutto. Forse non vuole proprio nulla.

Guardando la macchina nera ferma nel parcheggio, però, Luca ebbe una certezza: prima di sera avrebbe incontrato l'uomo che la guidava.

25

«Allora, quando parti, pa'?» chiese Giorgio durante il pranzo.

«Domani mattina.»

«Ma non avevi detto al pomeriggio?»

«Devo prima passare da Milano.»

«Perché, da Milano?»

«Ho un incontro con i colleghi della procura. Poi la sera scendo a Genova. E, se riesco, risalgo qui venerdì.»

«Sarà una sfacchinata» intervenne la madre, mentre serviva le cotolette impanate. «Tutti quei chilometri. Se hai deciso di andare resta giù almeno fino alla prossima settimana.»

«Non è che poi vi divertite troppo senza di me?» replicò lui.

«Capirai che follie, qui in paese.»

La madre lasciò la padella nel lavabo e sedette a mangiare con loro. Luca la guardò e, in qualche modo, gli ricordò il papà quand'era assorto nei suoi problemi, coi capelli spettinati e sempre al telefono con i colleghi del palazzo di Giustizia, parlando di inchieste e procedure e testimoni e pubblici ministeri. Un po' come lui e suo fratello, quella domenica, concentrati solo sulla macchina nera e il suo proprietario.

I loro corpi erano tutti seduti intorno a quel tavolo, le loro teste erano altrove.

Pensò a quando, tempo prima, la mamma aveva detto che era il momento di finirla, con la carne impanata e la pasta al sugo.

«Vado a un corso di cucina e vi preparo un sacco di piatti nuovi!»

Solo che dopo qualche riuscito tentativo di pietanze prelibate – Luca si ricordava, in particolare, un buonissimo risotto nero al radicchio e un formaggio fritto delizioso, oltre a una torta al cioccolato che pareva di pasticceria – sua madre doveva aver esaurito la voglia di sperimentare, anche se frequentava così spesso le lezioni.

Forse perché papà non le fa mai complimenti?

«Come è andata stamattina in piazza? Sono passato per prendere il giornale dopo le undici, ma non vi ho visto. Tutto a posto?» chiese improvvisamente il padre, e Luca, per poco, non sputò fuori un pezzo di cotoletta.

Era un momento imprevisto e cruciale. Poteva raccontare tutto al padre e persino portarlo a vedere la Croma all'albergo!

Ma no, non gliel'avrebbe detto, né a lui né alla madre né a nessun adulto. Non avevano mai avuto fiducia nel suo intuito e adesso non meritavano la sua, anche se quella storia iniziava a sembrare vera. Ancora non aveva tutte le risposte, ma le avrebbe trovate da solo. E poi avrebbe parlato, mostrando le prove schiaccianti che a Lamon c'era davvero qualcosa di misterioso.

Luca intercettò lo sguardo di Giorgio e fece un'espressione che voleva dire "silenzio".

Il fratello annuì in modo così serio e impercettibile che sembrava avesse vent'anni, altro che dieci.

Forse Giorgio è così sveglio per i problemi che ha avuto da piccolo. L'operazione, l'anestesia, gli arresti cardiaci. Uno che supera robe del genere non è mica come tutti gli altri.

«Non ci hai visto perché siamo andati verso via Ferd» spiegò Giorgio.

«Ma siete passati dai nonni?» domandò la mamma.

«No, siamo andati in giro.»

«I miei avventurieri. Chissà cosa combinate, voi due.»

«E che vuoi fare in paese, mamma? Sempre le stesse facce...» spiegò Giorgio con un tono così adulto che fece ridere i suoi genitori. Anche Luca rise, ma per lo scampato pericolo.

Dopo pranzo i fratelli salirono in camera.

Giorgio moriva di sonno, avrebbe dormito anche per terra. Luca invece era preda del solito vortice di turbamenti.

Devi dare la caccia a quella macchina!

Ma in testa gli si insinuava ancora Marica. Era tutta colpa di "Blitz": dopo i corpi che aveva visto in fotografia, quello di Marica era reale. Poteva toccarlo davvero, come aveva provato a fare la sera prima, e osare di più ancora. Immaginò le dita sui capezzoli ed era come guardare giù da un precipizio.

Possibile che non riesci a smettere con questi pensieri nemmeno quando c'è un'emergenza?

Con l'eccitazione mista a un senso di colpa e ineluttabilità si preparò ad andare in bagno.

Mentre si alzava, dalla finestra aperta sentì il rumore di una bici spinta sulla stradina e s'affacciò.

Era suo padre con la borsa del tennis.

«Ma non dovevi giocare alle cinque?» chiese Luca a bassa voce.

«Mi faccio un giro, magari prendo un caffè, poi vado.»

«E la mamma?»

«Ha un po' di mal di stomaco, ha digerito male. Comunque dalle cinque mi trovi al campo.»

Luca annuì e lo osservò avviarsi sotto il sole. Controllò la strada, per tutto il pezzo che poteva vedere, con apprensione. Non gli piaceva per niente che se ne andasse a spasso per il paese con quel tizio nei paraggi.

Magari vedrà anche lui la macchina, s'insospettirà e avviserà qualcuno.

Uscì in corridoio, s'affacciò lungo le scale che portavano al piano terra. Sua madre dormiva sul divano con una mano sulla pancia e il respiro regolare.

Risalì le scale, attento a non far rumore. Papà era fuori, mamma e Giorgio riposavano, non avrebbe corso rischi.

Ripassò davanti allo studio chiuso del padre e vide che la porta era solo accostata.

Sembrava che quel piccolo pertugio lo chiamasse. Anche il bagno, lì accanto, lo invitava, ma il tavolo di papà ricoperto di fascicoli, che chiudeva ogni volta che entrava qualcuno nella stanza e che portava fuori solo protetti dalla sua borsa di pelle o ben saldi sottobraccio, era una tentazione più forte.

Allungò la mano verso la porta socchiusa, esitò.

Poi, con la punta delle dita, la spinse con la delicatezza di un fedele che entra nella fresca penombra di una chiesa.

26

Luca si avvicinò al tavolo del padre con il cuore che martellava. A vederlo sembrava solo un robusto piano di legno scuro, graffiato e ricoperto di scartoffie. Ma intorno c'era un'invisibile rete di filo spinato, che lui si stava apprestando a tagliare. Con il rischio di ferirsi.

Sul lato più lontano della scrivania, in disparte, si trovava una pesante macchina da scrivere elettronica, simile a quella che il papà teneva a Genova, solo più vecchia. «Un giorno imparerò a usare il computer» proclamava a volte, ma da quando in casa c'era il Commodore 64 a stento aveva imparato a giocare con i videogame dei figli.

Sparsi in modo disordinato c'erano penne, blocnotes, una forbice, ritagli di giornale, fogli con il timbro MINISTERO DELLA GIUSTIZIA, cartelline con la scritta TRIBUNALE DI GENOVA, alcuni numeri di telefono.

Al centro torreggiava una pila di fascicoli più grandi, chiusi, sopra la quale era appoggiato il giornale che il padre gli aveva fatto comprare pochi giorni prima.

Luca ricordava il modo in cui era sparito dentro casa

non appena lo aveva avuto tra le mani. Adesso il giornale era lì, aperto su due pagine centrali, e un articolo era stato cerchiato con il pennarello rosso. Segni grandi, calcati. Segni che grattavano nel petto. Sembravano pieni di...

Rabbia.
Rapina a Milano.
A colpire il bandito evaso a Genova?

Luca iniziò a leggere, le orecchie tese a cogliere qualsiasi rumore provenisse dal piano di sotto o da fuori. Saltò qualche frase, per fare prima che poteva.

> Per guadagnarsi i due milioni di bottino, il rapinatore ha gravemente ferito il titolare di una pompa di benzina. Il bandito aveva il viso nascosto da una sciarpa, ma nella colluttazione ha scoperto la faccia. Un passante avrebbe riconosciuto il volto del ricercato Ivan Santoro, la cui foto è stata pubblicata su tutti i giornali un mese fa, al momento della sua evasione. Ivan Santoro è evaso sfruttando una distrazione del personale incaricato di trasferirlo dal carcere di Opera a quello di Genova, sua città natale. Aveva chiesto di essere spostato per ricevere le visite della madre gravemente malata. Diverse piste lasciavano pensare che Santoro fosse fuggito in Francia, ma a questo punto è possibile che non si sia mai allontanato da Milano. Nei prossimi giorni uno speciale pool di magistrati coordinerà le ricerche del pericoloso fuggitivo.

Milano.

Francia.

Evaso.

Pool di magistrati.

Pericoloso.

Luca ricordò quando, da piccolo, giocava a congiungere con una riga i puntini numerati sulla "Settimana Enigmistica" di nonno Paolo. Ecco, sulla scrivania del padre non c'erano puntini, ma segni rossi e frasi di giornale, eppure lui sapeva che, unendoli, sarebbe arrivato alla spiegazione che inseguiva da giorni.

L'articolo era corredato di una foto, che però era stata ritagliata: al suo posto restava un buco.

Chiuse il giornale, lo mise da parte e frugò nel fascicolo sotto, ma trovò solo una sfilza di verbali, questi segnati in blu. Erano difficili da capire. Li lasciò perdere.

Da un altro fascicolo vide spuntare altri pezzi di giornale: era lì che doveva cercare.

Aprì e trovò alcuni ritagli segnati in rosso o in nero o in blu, a volte con le date scritte sopra a penna, come se suo padre avesse voluto catalogarli. Sembravano disposti in ordine cronologico, dai più vecchi ai più recenti.

I primi risalivano al 1984, ma Luca aveva poco tempo e temeva di essere scoperto, allora scorse velocemente solo i passaggi che suo padre aveva sottolineato oppure annotato, che fossero titoli o singole frasi.

Dopo gli attentati politici a Genova torna la paura per la criminalità comune.

Rocambolesca rapina in centro, quattro uomini svaligiano un supermercato e svaniscono nel nulla.

Ancora una rapina, terrore fra i benzinai.

Cresce l'ansia fra gli addetti agli impianti di rifornimento di Genova dopo le tre rapine consecutive che hanno colpito i distributori della città, l'ultima delle quali è costata la vita a Luigi Landi.

Gli occhi di Luca saltavano frenetici sulle parole.

Landi è stato freddato con un colpo alla testa dopo aver dato l'allarme alle forze dell'ordine, che però non sono riuscite ad arrivare in tempo sul posto.

Ricordò che nonna Ada gli aveva raccontato di questi rapinatori assassini.

La polizia ha collocato diversi posti di blocco sulle principali arterie della città e della provincia, ma per ora non hanno dato risultati.

Assalto al casello autostradale di Genova Nervi, ferito casellante per un bottino di cinque milioni.

L'uomo ha raccontato di un'auto scura con la targa coperta: «Se non ci dai tutto, ti spariamo in faccia» sarebbe stata la minaccia dei rapinatori.

Continuò a scorrere i ritagli che parlavano di rapine, sempre rapine: farmacie, benzinai, supermercati, caselli. Il medesimo fatto raccontato da più quotidiani, il progredire delle indagini, che però non portavano mai a nulla.

Poi trovò un articolo più lungo, del "Secolo XIX". Era datato luglio 1985.

Rapina in villa sulle alture di Genova.
Morto l'imprenditore tessile Carlo Romanengo.

Luca tese le orecchie per essere sicuro che sua madre non salisse. Poi lesse tutte le parti che suo padre aveva sottolineato.

> I banditi sono entrati in casa armi in pugno, sfondando la porta. Alla richiesta di aprire la cassaforte, Carlo Romanengo ha risposto di non averne una ed è stato allora che i rapinatori hanno perso la testa. Uno di loro ha spogliato la signora Giovanna, moglie dell'imprenditore, minacciando di violentarla. Romanengo ha tentato di opporsi ma, come in una truce rievocazione del film *Arancia meccanica*, è stato pestato a sangue da due componenti della banda, mentre gli altri stupravano la donna.
> Gli uomini hanno razziato tutto il possibile. Al momento della fuga il capo ha colpito con diversi calci al cranio il padrone di casa, finendolo.

In chiusura c'era una frase, che non era cerchiata. Ma due parole calamitarono l'attenzione di Luca.

> Le indagini sono affidate al procuratore che da tempo si occupa delle rapine seriali a Genova, Tommaso Ferrari.

Luca si rese conto, dal movimento della carta sottile del quotidiano, che le sue dita stavano tremando. Sfogliò ancora, faticando come se le pagine pesassero quintali, poi trovò un articolo in prima pagina del "Corriere Mercantile", datato ottobre 1985. Stavolta lesse quanto più poteva.

Sparatoria a Genova,
uccisi due rapinatori e un poliziotto.
Catturato un terzo bandito, l'ultimo è in fuga.

> Forse sta per essere scritta la parola fine su una vicenda criminale che da due anni terrorizza Genova. Ma è una fine macchiata di sangue.
> Ieri la polizia, su ordine del pubblico ministero Tommaso Ferrari, ha deciso di agire per fermare la banda di rapinatori guidata da Ivan e Paolo Santoro. Negli ultimi giorni, infatti, il cerchio si era stretto intorno ai due fratelli genovesi, già noti alla giustizia per reati minori tra cui furti e scippi. A incastrarli è stato il lavoro degli investigatori, che hanno indaga-

to sulle auto usate dalla banda, risultate tutte rubate e spesso bruciate dopo le azioni.
I fratelli Santoro, dopo anni di criminalità di basso cabotaggio, avevano deciso di fare un salto di qualità avvalendosi della collaborazione di Rocco Gioia, pregiudicato calabrese già ricercato per omicidio, e di Lorenzo Bruzzone, il più giovane della banda, un sampierdarenese ancora incensurato.
Il blitz è scattato appunto ieri, non appena i fratelli Santoro si sono incontrati con i loro complici per una nuova azione. Purtroppo, però, qualcosa è andato storto: all'altezza di piazza Montano i criminali hanno ingaggiato un conflitto a fuoco con i poliziotti, nel quale sono rimasti uccisi Gioia e Bruzzone. Il sovrintendente Bruno Lo Re, in forza alla squadra mobile di Genova, è stato raggiunto da un proiettile allo sterno ed è deceduto tre ore dopo all'ospedale Villa Scassi. I fratelli Santoro si sono quindi dati alla fuga nelle vie di Sampierdarena, ma Paolo, il più giovane, ferito a una coscia, è stato raggiunto e arrestato. Ivan Santoro, ritenuto il capo della banda, è riuscito a dileguarsi nei vicoli circostanti via Buranello, facendo perdere le proprie tracce. Il pm Ferrari ha diramato un pubblico appello affinché il latitante si costituisca.

Luca sentì un rumore, giù di sotto. S'immobilizzò, temendo che la madre salisse e lo scoprisse a curiosare dove non avrebbe dovuto. Ma distinse il suono dell'acqua del lavabo e rumore di stoviglie.

Sta lavando i piatti. Forse ho ancora un po' di tempo.

Non poteva lasciare le cose a metà, non a quel punto.

Ancora sangue sulla banda Santoro.
Muore all'ospedale San Martino
il più giovane dei fratelli.

Poche ore dopo il suo arresto, Paolo Santoro è tragicamente spirato all'ospedale San Martino, mentre veniva sottoposto al primo interrogatorio da parte del pubblico ministero Tommaso Ferrari, giunto sul posto per ascoltarlo.
Santoro era ricoverato a seguito delle ferite riportate durante il suo arresto. Poco dopo l'arrivo del magistrato, il bandito si è lanciato dalla finestra della stanza d'ospedale in cui era piantonato, sperando di guadagnare la fuga. Nella caduta, però, ha battuto la testa a terra ed è morto sul colpo.

Di sotto l'acqua del rubinetto continuava a scorrere e Luca andò avanti, febbrile. Perché era alla fine, lo sapeva.

Il latitante Ivan Santoro indirizza
una lettera di minacce al pm Ferrari.

Luca dovette sedersi. Aveva composto il disegno, aveva capito.

Era come quando scendeva nella cantina buia dei nonni, con il timore che l'oscurità nascondesse un essere mostruoso pronto a saltargli al collo. Allora accendeva la luce e la lampadina che penzolava nuda dal soffitto, per un attimo, lo accecava. Poi arrivava il sollievo, perché non c'era nessuno.

Stavolta, invece, no.

Stavolta la luce rivelava un segreto terribile.

La data di quel ritaglio di giornale era il 13 dicembre 1985.

Il periodo in cui i poliziotti stavano sotto casa a controllare. Erano queste le minacce, era di questo che avevano paura: che Santoro venisse a cercare papà per vendicare il fratello morto.

Adesso Santoro era fuggito.

L'uomo nascosto nel bosco. L'agitazione della mamma. Dobbiamo chiamare i carabinieri.

Altro che Mussat! Mussat non c'entrava niente!

La macchina nera. Una macchina che viene da fuori. Sicuramente rubata. L'uomo coi baffi.

Luca trovò la prima pagina del "Secolo XIX" di quattro anni prima.

Finisce l'incubo: catturato a Ventimiglia
Ivan Santoro. Il rapinatore arrestato prima del confine
con la Francia e tradotto al carcere di Opera.

Invece l'incubo non era finito.

Adesso Santoro era scappato, tornando libero.

Era questo il peso che Luca sentiva fra i suoi genitori e non riusciva a decifrare, era questo il meteorite di ansia e paura precipitato sulla loro casa.

Il rubinetto al piano terra fu chiuso: la madre poteva salire per qualsiasi motivo.

I frammenti d'informazioni erano caduti giù come le figure colorate di Tetris, ma adesso lui aveva spinto i pezzi a posto, uno dopo l'altro. E combaciavano tutti perfettamente.

Gli restava da incastrare un ultimo mattone.

Era il ritaglio che mancava dall'articolo del "Corriere della Sera" che aveva portato a suo padre qualche giorno prima.

Lo trovò in una cartella grande e senza scritte sopra. Era la foto di un uomo coi capelli lunghi.

Forse indossava il cappellino per non farli vedere. Oppure li ha tagliati dopo che è scappato per non farsi riconoscere?

L'uomo portava baffi sottili sul viso affilato. E aveva gli occhi neri, stretti. Luca avvertiva la forza della loro rabbia anche attraverso la fotografia, come l'aveva sentita la sera in cui l'aveva incontrato.

Perché era lui, lo sapeva.

Era l'uomo sulla macchina nera.

Era Ivan Santoro, venuto a cercarli.

27

Luca rimise a posto tutto quanto, perché nessuno si accorgesse del suo passaggio.

Si guardò intorno ancora una volta, smarrito. Lo studio, ora, gli sembrava più che mai estraneo e ostile, come quei segni rossi sulla carta, come la cantina dei nonni quand'era buia.

Dovette rifugiarsi in bagno a raccogliere le idee. Si trovò di fronte al proprio viso riflesso nello specchio.

Se prima aveva deciso di fare tutto da solo, adesso quella scelta gli sembrava folle.

Devi parlare con papà.

Sì, era la cosa giusta, l'unica possibilità. Ma adesso lui stava in giro e Luca avrebbe potuto raggiungerlo solo più tardi, al campo da tennis.

Ha detto che prendeva un caffè. Ma dove? Al bar o dai nonni?

E comunque dovevano parlare in un posto sicuro, dove non potesse sentirli nessuno.

Luca guardò l'orologio e quasi gli scappò un grido.

Manca meno di mezz'ora all'appuntamento con Alessio e gli altri!

Il tempo era volato mentre lui scorreva gli articoli su Ivan Santoro. Adesso era troppo tardi per cercare suo padre, doveva andare dai suoi amici e metterli in guardia sull'enorme pericolo che correvano. Non poteva rischiare che agissero di testa loro.

Entrò veloce e silenzioso nella camera che divideva con Giorgio e decise che suo fratello sarebbe rimasto a casa.

Lo guardò, era girato su un fianco, con una mano infilata sotto il cuscino e la bocca semiaperta. Nell'incavo del braccio c'era la piccola linea dei punti con cui gli avevano cucito i buchi nella pelle.

«Era così piccolo che hanno dovuto tagliare, per infilare le flebo nelle vene» gli aveva raccontato una volta la mamma.

Aveva segni su entrambe le braccia, uno minuscolo all'attaccatura dei capelli e una lunga cicatrice all'altezza della pancia, un taglio orizzontale di venti centimetri. La pancia di Giorgio sembrava la testa di Frankenstein, ma lui esibiva fiero il suo taglio, alzando la maglietta a richiesta e beneficio degli altri bambini curiosi.

«Sai, Luca» gli aveva raccontato sua mamma, anni prima, proprio guardando il figlio più piccolo dormire, «prima che si svegliasse i medici mi hanno detto che non sapevano se gli arresti cardiaci avessero bloccato l'afflusso di sangue al cervello. Mi hanno spiegato che forse Giorgio non sarebbe stato normale.»

«Io gli avrei voluto bene lo stesso» aveva risposto Luca, sicuro.

«Sì, lo avevi aspettato tanto. Mi chiedevi sempre perché non arrivava dall'ospedale, mi domandavi dov'era finito tuo fratello.»

Ecco, adesso suo fratello era lì, che dormiva tranquillo. Non era soltanto "normale": era più sveglio degli altri e correva pure velocissimo.

I dottori del Gaslini, così bravi che tutta Italia li conosceva, avevano tirato Giorgio dal lato della vita, vincendo la morte che aveva tentato di trascinarlo di là. Luca non voleva offrirle una seconda possibilità di prenderselo.

Il fratellino si sarebbe arrabbiato e sentito escluso, avrebbe pianto, forse; avrebbe messo su il muso, di sicuro.

Non importa.

Luca gli mandò un saluto silenzioso e scese al piano terra, sapendo che la mamma, protettiva com'era, non avrebbe mai lasciato che il fratello lo raggiungesse dopo, da solo in bici.

La trovò in cucina che leggeva un libro.

Luca non voleva perdere nemmeno un altro minuto, ma lei gli chiese: «Dove vai?».

«Faccio un giro per vedere se trovo papà» tagliò corto. In fondo, era vero.

«Mi raccomando, non tornate troppo tardi» rispose lei, distratta.

«Okay.»

Quando fu sulla porta, gli venne da aggiungere un "ti voglio bene", ma non gli piacevano le smancerie e se lo tenne dentro.

«Ciao, a dopo.»

Saltò sulla bici e corse come Francesco Moser quando aveva stabilito il record dell'ora. Divorò via del Sole, non toccò nemmeno i freni scendendo in via Alighieri, sfrecciò in piazza e fece vibrare il manubrio più che mai sul pavé di via Roma.

Era infuriato con se stesso, perché era stato un imbecille a non avvisare il papà la sera in cui la macchina scura lo aveva seguito. Ma era pure incazzato perché lui lo aveva tenuto fuori dalla sua vita, dal suo lavoro, dalle indagini su Santoro. Anche adesso che era grande e poteva capire.

Lo Swatch indicava le quattro e dieci quando raggiunse l'albergo. Mentre arrivava, lo prese il terrore di trovare gli amici sdraiati sull'asfalto davanti all'entrata, crivellati dai colpi di Santoro, già fuggito con la sua auto per portare a termine la missione e ammazzare suo padre.

Invece, lungo la strada davanti al Miramonti, non vide proprio nessuno. Ritrovò la Croma con le ruote affondate nella ghiaia. Immobile eppure sinistra come *Christine – La macchina infernale.*

Ansimava e dovette farsi una spruzzata di Ventolin. Con i capelli bagnati di sudore scrutò uno per uno i lunghi terrazzi di legno senza fiori, poi le imposte, molte delle quali erano accostate per non fare entrare il sole. Non si muoveva nulla: il Miramonti pareva disabitato in quel placido pomeriggio d'estate.

Invece no.

Santoro era lì dentro, come la lama di un coltello a scatto, pronta a uscire al momento di uccidere.

Luca parcheggiò la bici e scese i pochi gradini che portavano nel giardino dove aveva appuntamento con gli altri.

«Finalmente sei arrivato!» sentì dire dal punto più distante del piccolo parco.

Dalla voce riconobbe Marica.

Cazzo!

Scese di corsa e le fece cenno di tacere.

«Non dobbiamo farci beccare!»

Ma non c'era solo Marica. Nella zona delle panchine riconobbe anche gli altri: Alessio succhiava un ghiacciolo all'arancia, David teneva un filo d'erba in bocca per darsi un tono, Samuele ostentava le braccia muscolose e teneva la mano di Chiara. E c'era pure Carlo con i suoi occhialoni a fondo di bottiglia. Eccola lì, la banda di ragazzetti in pantaloncini corti e scarpe da ginnastica con cui Luca aveva pensato di pedinare un assassino come Santoro.

Che idiota.

Desiderò non averli mai coinvolti e poter correre via, a cercare riparo fra le braccia di suo padre. Anche l'idea di piantonare la macchina, adesso, gli sembrava folle.

Voleva scappare il più lontano possibile dalla Croma e dal suo proprietario. Scappare ora, subito.

Ma non puoi! Loro sono i tuoi amici, devono sapere la verità e mettersi in salvo!

Attraversò veloce il piccolo parco dell'albergo e superò il tavolino storto dove i clienti, prima di cena, sedevano per fare una partita a scala quaranta.

«Ehi, che c'è, perché hai quella faccia?» gli domandò Alessio.

«Perché ho scoperto chi è l'uomo della macchina nera.»

Nonostante la tensione, Luca assaporò il silenzio pieno di attesa che seguì quella frase.

«E chi è?» fece Samuele.

«Un assassino evaso dal carcere che vuole far del male a mio padre.»

«Ma va' in mona, dài!» ribatté Marica e fece per girargli le spalle, come se Luca l'avesse sparata troppo grossa perché lei continuasse ad ascoltare. Lui le afferrò un braccio con tanta forza da farla sbiancare.

«Sei scema? Guarda che non scherzo.»

Tutti rimasero in silenzio, Alessio buttò per terra quanto restava del ghiacciolo, David sputò il filo d'erba che aveva in bocca.

«Ho scoperto che mio padre ha fatto delle indagini su una banda di quattro rapinatori che hanno ammazzato delle persone e poi... e poi anche un poliziotto. Tre di loro sono morti e uno solo è stato catturato, ma poco tempo fa è scappato!»

«Ed è venuto fin quassù a cercare tuo padre? Non gli conveniva scappare e basta?» chiese Carlo.

«No, perché lo odia! Mio padre lo ha fatto arrestare e uno dei banditi che sono morti era il fratello di questo assassino, capito?»

Dagli sguardi un po' vuoti degli altri Luca intuì che forse no, non capivano.

«Questo qui è impazzito, vuole solo vendicarsi. Cosa ne so, magari lo farei anch'io se considerassi qualcuno colpevole della morte di mio fratello!»

«Da dove è scappato?» intervenne Samuele.

«Da Milano, mentre lo stavano spostando nel carcere di Genova. La Croma, sono sicuro che l'ha rubata. In tutte le rapine che hanno fatto hanno usato macchine rubate» spiegò, e si sentì un po' come Sonny Crockett in *Miami Vice*.

Chiara si strinse a Samuele, che invece aveva un'espressione accigliata. Luca si rese conto che non gli credeva, o almeno non del tutto. Ma anche gli altri lo guardavano scombussolati: quella storia era troppo spaventosa perché la potessero metabolizzare in pochi secondi.

«Dioassassino, che roba...» mormorò David tirandosi indietro con le mani i capelli biondi.

«Se è ricercato, come ha fatto a prendere una camera in albergo senza farsi riconoscere?» insistette Samuele e Luca avrebbe voluto dargli un calcio nelle palle pur di azzittirlo. Ma Alessio rispose al suo posto.

«Minghia, Samu, è un criminale, potrebbe avere dei documenti falsi! E comunque qui chi lo riconoscerebbe? Una volta mio zio Umberto è venuto a Lamon a trovarmi, si è fermato in piazza e nessuno lo ha riconosciuto, anche se in quel periodo...»

«Basta!» li azzittì Luca. «Non ho tempo di spiegarvi tutto, cazzo! Mio padre parte domani: se questo bastardo vuole fargli qualcosa qui a Lamon, gli resta pochissimo tempo. Ora devo andare al campo da tennis a cercare papà, visto che gioca alle cinque. Lui saprà come fare, voi andatevene a casa, non restate qui, è troppo pericoloso.»

«E la macchina? Se si muove?» balbettò Alessio, turbato dalla reazione dell'amico.

Luca chiuse gli occhi, esasperato.

«Pazienza! Io... non lo so! Mio padre avviserà i carabinieri e la polizia e loro... Boh, loro sapranno come fare. Ora, però, togliamoci da qui.»

Carlo non si fece pregare.

«Luca l'ha reson, mi vag a casa!» disse mentre già si avviava.

«Varda come scampa, quel viliàco!» sibilò David e sputò a terra per sottolineare il suo disprezzo.

«Invece ha fatto bene, dobbiamo andare via tutti» disse Luca, incamminandosi anche lui.

Stavolta fu Marica a strattonarlo.

«Ma che fai? Non possiamo lasciarti solo!» piagnucolò.

Anche in quel casino lei voleva stare al centro dell'attenzione, come sempre.

«E allora che aspettiamo? Andiamo con lui, no? Andiamo anche noi al campo a cercare suo padre!» disse Chiara e tutti si voltarono stupiti verso di lei. Luca la fissò e nei suoi occhi accesi, per un attimo, credette di leggere un messaggio riservato solo a lui.

Mi ammira. È orgogliosa di me. Sta dalla mia parte.

Questo pensiero gli ridiede slancio.

«Okay, venite anche voi. Andiamo, però!» ordinò e si mise alla testa del gruppo.

Attraversarono in fila indiana il giardino e arrivarono in prossimità delle scalette che portavano fuori, al livello della strada. Dal primo gradino si vedeva la Croma parcheggiata e, più avanti, l'uscita del Miramonti.

«Oh, cazzo, fermi!» sussurrò Luca, aprendo le braccia per fermare gli amici che stavano dietro di lui.

Un uomo usciva dall'albergo.

«Nascondiamoci, presto» ordinò ai ragazzi, che arretrarono di qualche passo fino all'angolo più vicino e protetto da cui potevano osservare lo sconosciuto, nonostante gli alberi, le reti che circondavano il giardino e il dislivello che li divideva dalla strada.

L'uomo si muoveva deciso, con il petto in fuori e gli occhiali da sole a specchio, come un pilota di *Top Gun*. Indossava una tuta lucida, nera.

Aveva i baffi, come il tizio che aveva seguito Luca in via del Sole, ma più folti.

«Allora? È lui?» chiese Samuele in un tono che voleva essere duro, ma non ci riusciva. Luca, però, non gli rispose e rimase a guardare: anche i capelli dell'uomo gli sembravano più corti rispetto alla foto di Santoro che suo padre aveva ritagliato dal giornale.

Ma non capisci? Sta facendo di tutto per camuffarsi e non essere riconosciuto!

Nonostante la voce che sentiva dentro, esitò ancora: voleva essere sicuro al cento per cento.

Ma quando l'uomo si diresse alla Croma e ne aprì il portabagagli, anche l'ultimo dubbio svanì: era lui.

Santoro.

Il bandito si protese nel vano posteriore a fare qualcosa che, dalla loro distanza, i ragazzi non potevano vedere.

La giacca della tuta salì e scoprì una porzione di schiena. Agganciata alla vita aveva una specie di cintura, con una fondina. E una pistola.

Un proiettile di terrore attraversò il petto di tutti i ragazzi. Marica strinse la mano di Luca.

«Minghia, ha il cannone!» disse Alessio con la voce che tremava e tutti si guardarono, occhi grandi come la paura e il senso di smarrimento. Di fronte al giocattolo di morte degli adulti, erano solo ragazzi inermi.

Prima di salire al posto di guida, Santoro tirò fuori dal bagagliaio una grossa sacca e, in quel momento, Luca comprese con orrore dov'era diretto.

Dalla sacca spuntava una racchetta da tennis.

28

Quando Luca era caduto dalla bici, davanti a casa di Chiara, i pensieri avevano continuato ad andare avanti per conto loro, come se la testa dovesse ancora ricevere dal corpo la sensazione del dolore.

Lo stesso accadde prima che il suo cervello mettesse in fila le informazioni e ordinasse alla bocca di gridare, mentre la Croma faceva retromarcia e partiva.

«Va al campo da tennis, cazzo! Va al campo da tennis!»

Nessuno dei ragazzi capì.

«Mio padre è lì! È andato a giocare!» urlò Luca, correndo verso la bicicletta. «Sta andando da lui!»

Gli altri lo seguirono, tutti insieme.

«Andiamo, andiamo!» strillava Alessio.

Raggiunsero le bici, mentre Samuele correva allo scooter.

Luca stava per avviarsi, quando Chiara lo afferrò per la maglietta e quasi gliela strappò.

«Vai con lui in motorino! Fate prima!» disse indicando il Califfone del suo ragazzo.

Luca esitò un secondo, ma Samuele aveva già messo in moto.

«Dài, salta su!»

«Prendi la mia bici» ordinò Luca lasciando l'arrampichino ad Alessio e, un attimo dopo, era sul sedile dietro Samuele.

Il Califfone rosso diede una lunga spernacchiata dal tubo di scarico, mentre i ragazzi si buttavano sulle biciclette. David stava già pedalando come una furia nel piccolo tratto di salita, ma il motorino lo inseguì e lo superò. Luca si teneva ai fianchi di Samuele, che svoltò in via Ferd così veloce da far slittare il culo del Califfone. Luca fu certo che sarebbero caduti, invece Samuele riuscì a addomesticare il motorino imbizzarrito e accelerò, sfrecciando accanto a una signora con la spesa.

«Andé a pian, tosàt!» gridò la donna. La Croma era già sparita.

Samuele spinse ancora sul gas lungo la leggera discesa, bruciando secco il segnale di Stop all'altezza della segheria. Per fortuna non veniva nessuno e tirò dritto, accelerò un'ultima volta ruotando al massimo la manopola destra, poi inchiodò per lanciarsi dentro la strada sterrata che portava al campo da tennis. Fu lì, sul pietrisco che ricopriva l'asfalto prima dello sterrato, che il Califfone li tradì.

Non caddero nel vero senso della parola: il motorino si inclinò e poi scivolò, urtando contro la rete di plastica che delimitava il giardino di una villetta, all'inizio della strada. Luca si aggrappò alla rete, perdendo il posto sul motorino e finendo, non si sa come, in piedi. Samuele invece su quella rete rimbalzò, insieme al Califfone, atterrando malamente sulla strada coperta di ghiaia.

«Ahhh!» gridò, mentre il motorino emetteva un rumore sinistro, strisciando per un paio di metri sulle pietre fino a spegnersi, anche se la ruota posteriore continuava a girare.

Luca, quasi illeso dopo l'impatto con la rete nonostante un dolore al fianco, vide Samuele che si alzava con i jeans strappati, un braccio raschiato e sporco di sangue. Samuele non si curò di nulla, né di Luca né dell'inseguimento interrotto: fissava il motorino abbattuto con le mani nei capelli.

Ma Luca non poteva fermarsi né perdere tempo a ragionare: si mise a correre senza controllare le eventuali ferite, senza pensare a Samuele e al suo fottuto motorino e agli altri che lo seguivano in bici per aiutarlo. Corse, veloce come non era mai stato. Quando arrivò in fondo alla strada sterrata vide suo padre, in attesa, al centro del campo.

Ma c'era anche Santoro.

L'assassino era sceso dalla Croma, lasciando a terra la borsa da tennis. Proprio in quel momento, da dietro la schiena, il bandito estrasse la pistola.

«Papà! Attento, papà!» gridò Luca fiondandosi verso Santoro.

Il rapinatore nascose l'arma nella sacca e si girò verso il padre di Luca.

Luca pensò di scagliarsi contro quel bastardo, ma adesso che quello non aveva più la pistola in mano decise di superarlo ed entrò nel campo di cemento verniciato di rosso e mezzo crepato.

Il padre gli si fece incontro atterrito, correndo anche lui.

«Papà! Papà! Ha una pistola, vuole ucciderti!»

Luca si voltò, indicando Santoro. Era immobile vicino all'auto, osservava la scena.

«Dobbiamo scappare!» disse Luca afferrando il padre per un braccio.

«Fermati» gli ordinò lui.

«Ma come, papà! Che fai? Vuoi che ti ammazzi?»

Il padre s'inginocchiò, prese Luca per le spalle e lo scrollò con forza.

«È un poliziotto, Luca. Quell'uomo è un poliziotto che hanno mandato alcuni giorni fa, per proteggermi!»

Luca spalancò la bocca e guardò l'uomo della Croma che lo fissava come se fosse…

Imbarazzato.

Luca deglutì. I pezzi del Tetris che nella sua testa avevano costruito l'immagine del bandito evaso Santoro furono spazzati via e poi, tutti insieme, ricaddero a comporre un disegno completamente diverso.

Sentì arrivare dalla strada sterrata le grida dei suoi amici che avevano raggiunto il campo da tennis pure loro.

Forse il poliziotto era ben addestrato a riconoscere le vere minacce e capì che quei ragazzini erano solo la comitiva di Luca, oppure agì d'istinto, fatto sta che non estrasse la pistola, ma un distintivo che scintillò alla luce del sole. «Fermi, polizia!» urlò piazzandosi al centro della strada come se fosse l'attore di un film. David, che era il primo, non sembrava intenzionato a fermarsi. Alessio gli sarebbe andato dietro.

«Fermi! È tutto a posto, sono della polizia!» insistette l'uomo sventolando il distintivo. «Non c'è nessun pericolo, ma voi dovete stare fermi!» Teneva il palmo della mano aperto, rivolto in avanti. Ma sembrava pronto a chiuderlo in un pugno, se ce ne fosse stato bisogno.

David e Alessio, finalmente, si fermarono.

Dietro arrivò Marica, con Chiara e Samuele, che zoppicava e si reggeva il braccio.

Luca fece qualche passo verso di loro, inebetito. Sentì che il poliziotto spiegava qualcosa a voce più bassa, sempre coi palmi delle mani in avanti, ma rivolti verso il basso, per calmare tutti.

Fu allora che Samuele iniziò a urlare in dialetto: «Deficiente! Mona! Te me ha fat desfàr el motorin par gnent!» gridò e si scagliò contro Luca nonostante le ferite. David lo placcò.

«Sta' bon, Samuele! Non l'ha fat miga aposta.»

Intervenne anche il poliziotto e il padre si precipitò a cercare di calmare il ragazzo ferito.

«Guarda cosa te ha fat!» inveì Samuele, indicandosi le braghe strappate e il braccio ferito. «Brutto cojon che non te si altro! Ti e le tóe stronzate da film!»

Samuele provò a divincolarsi, ma David era troppo forte anche per lui e se lo trascinò via, verso il Califfone riverso a terra come un animale morto.

«Basta» supplicava Marica. Chiara, invece, osservava la scena con le mani davanti alla bocca.

Luca, nello stato di confusione in cui era caduto, udì il padre dire: «Stai tranquillo, lo riaggiustiamo subito, il motorino. Pago tutto io».

Vide Alessio venire verso di lui con la faccia desolata di chi vorrebbe dire qualcosa, ma non trova le parole.

Luca non resse il suo sguardo. Non resse la scena di Samuele che voleva picchiarlo, portato via da David e Marica, mentre Chiara assisteva alla sua vergogna, alla sua sconfitta. Non resse lo sconcerto di suo padre e l'intervento del poliziotto.

Non c'era nessun evaso, a Lamon, nessun criminale, nessun bandito, nessun Mussat, nessun Santoro. Era stato lui a inventarsi tutte quelle cazzate e a combinare quei disastri. Lui e solo lui.

Non resse più nulla e si accasciò sulle ginocchia, con la faccia a terra. Iniziò a singhiozzare.

C'era stato almeno un attentato perfettamente riuscito, quel pomeriggio. Una carica di dinamite gli era esplosa nel petto, dilaniando il suo cuore.

29

Luca si era calmato solo da pochi minuti. Gli altri ragazzi erano andati via senza riuscire a parlargli, Alessio aveva poggiato la bicicletta contro la rete che recintava il campo.

«Dottore, io rientro in albergo, allora?» chiese Salvatore. Così si chiamava il poliziotto venuto apposta da Genova. Era arrivato insieme a un altro collega, che però quel pomeriggio era rimasto a riposare al Miramonti.

«Tranquillo, la partita ce la giochiamo un'altra volta. Mi dispiace per 'sto caos.»

«Non si preoccupi, ci mancherebbe. Stasera comunque passo da casa vostra con il collega per un controllo. Ma gliel'ho detto, non ci sono segnali di pericolo, in paese. E nemmeno in città, vedrà. Si tratta solo di precauzioni.»

«Certo, certo.» Nel tono del padre, però, Luca non percepì la medesima certezza ostentata dal poliziotto.

Poi Salvatore si rivolse a lui: «Hai fatto bene a preoccuparti, ma stai tranquillo, che al tuo papà ci pensiamo noi».

Luca non riuscì neppure ad accennare un sorriso.

«Dico davvero, dottore. Suo figlio ha avuto occhio e anche coraggio.» Poi si rivolse proprio a lui. «Solo che la prossima volta è meglio avvisare noi che tuo papà lo proteggiamo di mestiere, okay?»

Tommaso guardò il figlio con un'espressione cupa, indecifrabile.

«Appena decide qualcosa per la sua partenza, mi avvisi» aggiunse Salvatore e Luca guardò il padre sperando dicesse che no, non partiva più. Forse il casino che lui aveva combinato poteva servire almeno a questo?

Era impossibile. Un poliziotto, anzi due, erano venuti per scortarlo.

«Direi di partire in mattinata, che nel primo pomeriggio ho quell'incontro a Milano.»

«Quando vuole. Ora vado.»

Salvatore sembrava simpatico, niente a che vedere con gli uomini in divisa che Luca aveva visto sotto casa quando era più piccolo. Ma forse si sbagliava anche sui ricordi.

Mi sbaglio su tutto.

Tommaso caricò sulla CX la bici di Luca, che aveva ancora gli occhi gonfi. Si diresse verso casa, solo che, quando furono in piazza, girò per via Resenterra, senza dire nulla, poi salì ancora verso la pizzeria. «Dove andiamo?» gli chiese Luca.

«Alla cascatella» rispose il padre, infilando la stradina che portava a un piccolo torrente nel bosco.

Parcheggiò. «Dài, scendi.»

Luca lo guardò preoccupato, senza capire.

Il padre si avviò tra sassetti e pietroni, inoltrandosi lungo la sponda del torrente fino a un piccolo specchio d'acqua. Era chiara, trasparente e sembrava molto fredda.

«Sediamoci un attimo.»

Si accucciò su una pietra, ma era alto e stava scomodo per via della sua statura. Luca sedette su una lastra levigata. L'acqua la consumava da anni, forse secoli.

Nessuno dei due parlava e il padre prese in mano un sottile tronchetto di legno, se lo rigirò tra le dita. Luca, per un attimo, ebbe paura che volesse picchiarlo con quello.

Era un'idea assurda, visto che non l'aveva mai picchiato, ma forse era quanto si meritava.

«Anche Giorgio sa della macchina e dei fogli che hai visto nella mia stanza?»

Al campo da tennis, tra le lacrime, Luca aveva rivelato com'era nata l'idea che l'uomo della Croma fosse Ivan Santoro.

Luca fece no con la testa.

«Gli abbiamo solo detto che era una macchina particolare e volevamo scoprire chi la guidava.»

«Okay. Allora gli parlerò io. Gli spiegherò la situazione, in qualche modo. Non gli dirò tutto, ma una parte sì. Non voglio che magari qualcuno dei tuoi amici gli racconti cose strane.»

«Mi sa che non ho più degli amici, ormai» sussurrò Luca e sentì le lacrime fare ancora capolino.

«Non è vero. Se sono amici, lo rimarranno.»

«Anche Giorgio penserà che sono uno stupido, adesso.»

Tommaso lanciò via il legnetto tra i piccoli vortici gelidi del torrentello e si alzò in piedi.

«No. Lui pensa solo cose positive di te, stai tranquillo.»

«E tu? Tu cosa pensi?»

Gli era uscito così, senza volerlo, ma era una domanda che lo assillava da sempre. Cosa pensavano i suoi genitori di lui? Cosa vedevano, quando lo guardavano? Erano contenti di com'era oppure no?

Lo sguardo di suo padre s'intenerì. Si spostò più vicino a lui. Gli fece una carezza sui capelli chiari come quelli della mamma.

«Cosa penso? Che ti ammiro, Luca. Soprattutto oggi. Hai avuto un grande coraggio, anche se hai sbagliato: dovevi chiamarmi, chiedermi aiuto. Invece hai fatto tutto da solo. Se fosse stato davvero lui? Ci hai pensato?»

Luca rimase zitto, il conforto subito svanito, cancellato dall'imbarazzo per il macroscopico errore di valutazione che aveva commesso.

«Ma anch'io ho sbagliato. Ti ho spinto a pensare che devi cavartela da solo. Non è così: io ci sono.»

«Però... tu hai sempre da fare e io avevo paura di disturbarti, o che ti arrabbiassi.»

Il padre serrò la mascella.

«Lo so, cazzo, lo so» disse, e non si capiva se fosse arrabbiato con Luca o con se stesso. Stava sempre attento a non dire parolacce in presenza dei figli. Ma stavolta erano loro due e basta, e parlavano da uomini.

«Dici che anche nel bosco era Salvatore? È lui che ho visto?»

«No, non può essere. È arrivato dopo. Sarà stato davvero un ubriacone. Oppure nessuno. Ti sei suggestionato.»

«Un altro casino che ho fatto.»

Il papà gli mise un braccio sulle spalle.

«La coincidenza è stata assurda, Luca. Comunque di casini ne ho fatti tanti anch'io da ragazzo, sai? E pure da grande. Basta chiedere a tua madre...»

Luca stava per domandare che cosa non andasse bene, con la mamma. Sentiva che adesso poteva osare quella domanda, ma si lasciò sfuggire l'attimo. Era la sua specialità.

«Ora, però, devi promettermi che mi chiamerai sempre, se qualcosa non va. E se non ci sono, avvisa la mamma. Prima noi, dopo gli altri. Devi continuare a stare attento, a osservare le cose. Perché adesso sai tutta la storia, sai che Santoro è uno pericoloso. Ma sono sicuro che se n'è andato in Francia: lì ha dei parenti.»

«E come mai lo hanno visto a Milano?»

«È scappato in quella zona e, quando i giornali mostrano le foto di un ricercato, alla gente pare di vederlo dappertutto. Arrivano mille segnalazioni. Ma Santoro deve scontare un ergastolo e anche i poliziotti non vedono l'ora di beccarlo. Ha ammazzato uno di loro. Se fossi in lui andrei più lontano possibile. Ma io non sono lui, per fortuna.»

«Perché ti hanno dovuto dare la scorta, allora? Santoro ce l'ha ancora con te?»

«È per via di suo fratello. Durante l'interrogatorio ha cercato di fuggire dalla finestra, ma non si è reso conto che era troppo in alto. Santoro mi ritiene responsabile della sua morte.»

«È stato brutto?»

Suo padre rimase zitto per un momento, poi sbottò.

«Sì, cazzo. Non doveva finire così. Gliel'avevo detto, ai poliziotti, di controllare quella finestra, ma si sono distratti lo stesso» prese una pietra e la tirò nell'acqua, con forza. «C'è stato il processo, ho spiegato tutto e il giudice ha capito che era la verità. Ma Santoro non mi perdonerà mai. Forse, almeno per questo, lo capisco.»

Luca si domandò come funzionava quando un magistrato doveva processare un altro magistrato. E se ti capitava di dover giudicare un tuo amico?

Ma erano questioni troppo complicate.

«Però bisogna fermarlo, prima che faccia del male a qualcun altro. E così domani vado a Milano, per verificare quelle segnalazioni. Sono sicuro che non ci sarà nulla e tornerò a Genova, per capire cosa fare. Dove dobbiamo cercarlo.»

«E poi la tua scorta andrà via?»

Tommaso si passò una mano fra i capelli brizzolati.

«No, per un po' credo di no. Questo genere di protezioni di solito dura qualche tempo. Ma se il pericolo finisce, la scorta si può togliere.»

«E se non lo prendete mai?»

«Allora ce ne dimenticheremo, Luca, perché sarà fuggito all'estero o magari morto senza che noi lo sappiamo. Possiamo stare tranquilli, qui a Lamon: sono pochissimi a sapere che abbiamo questa casa. Ma tu devi essere i miei occhi, quando sono via, okay? Non tanto qui: soprattutto quando tornerete a Genova. Fino a quando la storia non finisce, devi essere i miei occhi, capito?»

Essere gli occhi di suo padre.

Gli piaceva.

«Appena andiamo a casa chiamo i genitori di quel ragazzo, come si chiama...»

«Samuele.»

«Ecco, Samuele. Spiego la situazione e mettiamo tutto a posto. Magari per lui ci esce anche un motorino migliore. E con gli altri si sistemerà, vedrai.»

«Ho fatto una figura di merda.»

Il padre lo prese per le spalle e lo girò verso di sé, fissandolo.

«Io sono un magistrato, Luca, eppure è capitato anche a me.»

«Cosa?»

«Di guardare dei fatti e immaginare una realtà diversa da quella che era veramente. Il mio lavoro è questo, capisci? Ricostruire i fatti dopo che sono successi, sulla base delle prove che raccolgo. E a volte le prove ti dicono di andare da una parte e tu ti senti sicuro, perché la tua testa ormai si è convinta e vede tutto in un solo modo. Magari ci sono dettagli importanti che ti raccontano l'opposto, ma tu sei accecato e non riesci a vederli. Ci sono tanti giudici, avvocati, poliziotti che commettono questo sbaglio.»

Luca annuì, sentendosi appena sollevato. Le parole di suo padre erano calme, convincenti: «A volte la verità si nasconde proprio nei particolari più insignificanti». Quando ebbe finito, lo abbracciò senza preavviso.

Dapprima Luca rimase paralizzato, rigido come le pietre sul greto del torrente. Ma, piano piano, riuscì ad abbandonare la testa sulle sue spalle, a sentire il profumo al sandalo che lasciava sempre in bagno la mattina, quando usciva per andare al lavoro. Era come tornare a casa, a Genova, ma, per una volta, il ritorno non lo addolorava. Anzi, lo confortava.

Chiuse gli occhi, finché non si staccarono.

«Dài, ora andiamo, che devo parlare con la mamma.»

«Bisogna proprio, pa'?»

«Sì, perché è spaventata, come te. Forse ho sbagliato anche con lei, a raccontarle troppo poco, per non farla preoccupare. Ma quello che è successo oggi servirà da lezione a tutti quanti. Dobbiamo essere più uniti, per superare questo momento.» Sembrava parlasse a se stesso più che al figlio.

Si allontanarono e Luca guardò un'ultima volta il torrente che scendeva da chissà quale angolo nascosto sulle montagne.

Vide una foglia secca trascinata dalla corrente e pensò alla tristezza, ancora lì, tutta nel suo petto. Le parole del padre erano il torrente: non riuscivano a sommergere la foglia della tristezza, ma piano, inesorabilmente, l'avrebbero portata lontano, sempre più lontano, sino a farla scomparire nel mare dei ricordi.

30

Era una notte silenziosa, come tutte le notti di Lamon. Dalla finestra aperta arrivava il frinire dei grilli e Luca, steso sul letto, fissava le travi di legno sul soffitto.

Giorgio dormiva e un pochino russava.

Non si era arrabbiato, come Luca aveva temuto, perché l'aveva lasciato a casa. Chissà cosa gli aveva spiegato papà e cosa aveva capito lui.

«Sei stato bravo, amico» gli aveva detto quando lui era salito in camera.

Di sotto, invece, era andata molto peggio di quanto Luca avesse sperato dopo la chiacchierata al torrente. Tra i suoi era scoppiata la litigata furiosa che covava da tempo.

«Ecco! Hai visto cosa è successo? Io mi sono rotta le palle, capito? Voglio una vita normale, cazzo!»

«Faccio solo il mio lavoro, Francesca! È una colpa anche questa? È colpa mia se lo hanno lasciato scappare? Guarda che non me lo sono scelto io, questo caso, eh? O dovrei girarmi dall'altra parte se al mondo esiste certa gente di merda? Tanto noi viviamo bene, poi a parlare siamo tutti bravi e giusti e magari anche di sinistra.»

«Cosa c'entra la politica adesso?»

«C'entra! C'entra! Quando ci siamo conosciuti non eri così.»

«E com'ero, eh? L'hai mai saputo com'ero? Credi che sognassi questa vita, Tommaso?»

«E quale vita volevi? Forza, dimmelo! Cosa ti manca?»

Lo scambio di accuse era proseguito per quasi mezz'ora, nella quale entrambi i suoi genitori avevano tirato fuori tutta la rabbia.

I fratelli erano rimasti zitti, entrambi fingendo: Giorgio di leggere "Topolino", Luca di essere sul punto di addormentarsi.

È colpa mia, guarda che cosa ho fatto, pure questo casino.

Suo padre aveva gridato «vaffanculo» e si era chiuso nello studio, sbattendo la porta. La madre aveva urlato qualcosa anche lei, poi aveva preso la macchina. La battaglia era finita senza vincitori e nessuna pace: c'erano solo morti, sul campo.

Mamma andrà dai nonni? Oppure dove? Tornerà?

Luca sentì con lacerante certezza che quel giorno tutto sarebbe cambiato. Come una mattina di dicembre del 1982, in prima elementare, quando Goran, con gli occhi che scintillavano malevoli, gli aveva spiegato che la notte della vigilia erano i genitori a portare i regali.

«Davvero credevi alla storia di Babbo Natale?»

Ricordava il dolore di quella rivelazione, così forte che Luca si era messo a piangere per il senso di ingiustizia. Non voleva sapere la verità: preferiva la bugia, che lo rendeva felice.

Adesso il dolore si manifestava nella forma di un infinito scoramento, un vuoto nel petto quando prendeva aria per respirare.

Alla fine sua madre tornò e si chiuse in camera.

Sotto, in sala, si sentiva la telecronaca di un'amichevole.

Papà si è messo sul divano. Magari dormirà lì? E mamma? Starà dormendo? O piangendo?

Con lei non aveva potuto spiegarsi. Si era infuriata appena aveva saputo della Croma, del poliziotto, della pistola. Luca si sarebbe aspettato che gridasse o magari lo prendesse a schiaffi, per il guaio in cui si era ficcato. Invece si era sfogata sul marito.

Certo, aveva avuto qualcosa da dire anche al figlio.

«E tu? Dovevi avvisarci! Ma che ti è saltato in testa? Non capisci il rischio che hai corso?» Eppure Luca si era sentito di nuovo relegato al ruolo di comparsa. Gli sembrava che la madre sottovalutasse la sua paura, la sua angoscia.

E questo faceva più male di una dose di schiaffi.

Si alzò quando il campanile di San Pietro scandì undici rintocchi.

Andò a una finestra del corridoio e l'aprì cercando di non fare rumore.

Attese e poi, in lontananza, vide arrivare due fari.

Per un attimo soltanto, la paura tornò a farsi viva, come un riflesso condizionato. Poi la macchina scura arrivò al bivio e si fermò. La luna illuminava il tetto della Croma che l'aveva terrorizzato e adesso vigilava su di loro come un cane da guardia fatto di lamiere.

«Passo da casa vostra con il collega, per un controllo» aveva detto il poliziotto Salvatore, ed era andata proprio così. Quegli agenti sapevano fare il loro lavoro e adesso la sua famiglia era al sicuro. Santoro si era rivelato solo una proiezione delle sue fantasie e, forse, nel bosco non c'era mai stato nessuno.

Eppure dentro casa era entrato quel nuovo, invisibile nemico, fatto di liti, parole non dette e distanze che crescevano inesorabili fra tutti loro. Una minaccia incombente da cui nessuna macchina nera e nessun poliziotto potevano proteggerli.

31

La partenza del papà non fu né drammatica né solenne come Luca aveva temuto.

Magari fossero arrivati poliziotti in elicottero, mascherati con i passamontagna, per proteggere suo padre e portarlo al sicuro. Magari fossero scoppiati pianti: la grandezza del suo dispiacere e della sua sconfitta meritava eventi straordinari. Aveva rovinato i rapporti con gli amici, la sua reputazione, forse la sua stessa vita a Lamon, tutte tragedie che avrebbero giustificato una partenza scenografica.

Invece la situazione stava già tornando a un'apparente normalità.

Erano le nove del mattino e, prima di andar via, il padre lo chiamò in disparte. Non gli parlò come in un film di Schwarzenegger o Stallone, non gli fece promettere di comportarsi da uomo se gli fosse capitato qualcosa di tremendo.

«Passa a trovare i nonni» si raccomandò invece. «Si lamentano che ti hanno visto poco. Però non raccontargli nulla di ieri, eh? Se tutto va bene, non lo verranno nemmeno a sapere. E qualunque problema ci sia, *qualunque*, avvisa tua madre. In ogni caso, se riesco, risalgo venerdì. Non voglio lasciarvi troppo tempo soli.»

«E loro?» chiese Luca indicando Salvatore e l'altro agente di scorta. Erano dentro la Croma, a fumare, sulla strada sterrata oltre il giardino.

«Stai tranquillo, Luca. Beccheremo Santoro molto presto, così mi toglieranno la scorta e non ci penseremo più.»

Luca sentiva che qualcosa ancora gli sfuggiva, che altri particolari gli mancavano. Quelli di cui aveva parlato suo padre, per l'appunto.

Se c'era stata davvero una sola segnalazione, e forse pure infondata, a Milano, perché mandare subito una scorta? Ma non era il momento di insistere, dopo quello che era successo.

«Come estrema precauzione abbiamo fatto avvisare anche i carabinieri. Se li vedrai qui intorno, non ti spaventare: è solo per qualche giro di controllo. A Lamon è tutto a posto. Non me ne andrei, se non me lo avessero garantito.»

«Lo so.»

«Okay. Stasera, quando sono a casa, vi telefono subito.»

Il padre andò da Giorgio e gli diede un paio di baci con lo schiocco per giocare, come faceva quand'erano piccoli e loro ridevano per il solletico al collo. Per fortuna Luca aveva superato da un paio d'anni la fase dei baci. Neanche Giorgio, comunque, sembrava entusiasta delle smancerie: Luca lo vide ripulirsi la guancia.

Il papà si allontanò a parlare con la mamma, senza baci e senza nemmeno prendersi per mano, come succedeva qualche anno prima.

Giorgio indicò la Croma e disse: «Amico, quelli sono i poliziotti che proteggono papà?» lasciando Luca interdetto: non capiva cosa sapesse suo fratello e cosa avesse intuito da solo, visto quant'era furbo.

Nel dubbio, decise di restare vago: «Sì. La macchina potentissima era la loro, solo che io non lo sapevo. Adesso che l'ho scoperto, siamo tutti più tranquilli».

«Ma amico...»

«Dimmi.»

«Perché papà deve essere protetto? Perché combatte contro il crimine?»

A Luca, nonostante tutto, scappò da ridere: suo fratello, a volte, parlava come i cartoni animati.

«In effetti sì. Papà combatte contro il crimine. Per questo è diventato così importante e i poliziotti vogliono essere sicuri che non gli succeda niente.»

Giorgio rimase a guardare la Croma molto concentrato, ma non chiese altro. Luca sentiva gli ingranaggi muoversi dentro la sua testolina.

Se ci fosse stato lui, al mio posto, non avrebbe sbagliato. Lui è più sveglio di me.

Non aver trascinato il fratello nella sua impresa fallimentare era una delle poche decisioni sensate che avesse preso. Giorgio non aveva assistito a quel disastro e forse, almeno per lui, Luca poteva continuare a essere un eroe, un modello.

Ma fino a quando?

Si girò e vide il padre fare una carezza sul viso della madre. Lei sembrava rigida, come era stato lui accanto a Marica, di fronte agli amici.

Papà le diede un bacio e provò a prolungarlo, ma lei si sottrasse.

Luca distolse lo sguardo, a disagio.

Il padre tornò a salutarli ancora, abbracci veloci, ma forti.

«Mi raccomando» disse infine, e Luca fece okay con le dita.

Anche se non era okay per niente.

32

Sua madre lo cercò subito dopo la partenza del padre. Era come se avesse aspettato di essere sola per affrontarlo.

«Vieni un attimo» gli disse, invitandolo in giardino con un cenno: Luca la seguì, rassegnato.

Francesca aveva gli occhi rossi e la faccia segnata di chi ha dormito poco. O forse pianto. Magari entrambe le cose. I capelli biondi erano raccolti alla meglio dietro la nuca.

Rimasero zitti per qualche minuto, lei che controllava i petali di alcune rose su cui ogni tanto salivano le formiche, lui che si guardava le scarpe da ginnastica.

Lo sapeva che dovevano "parlare", dopo il guaio del giorno prima. Parlare per chiarirsi, parlare da adulti nel modo in cui lui aveva parlato con il papà.

Ma come si fa? Come si inizia a "parlare"?

Con la mamma non riusciva mai a lasciarsi andare. Forse perché di lei aveva paura: poteva arrabbiarsi o mettergli il muso come faceva con papà. Luca non ricordava una sola volta in cui qualcuno fosse riuscito a contraddirla senza che lei s'incazzasse.

«Come va quel dito? Fammi vedere.»

Lui tolse piano la fasciatura e le mostrò la ferita. Contrariamente ai tremendi pronostici di tutti, sembrava che il taglio si stesse rimarginando bene. Magari fosse stato così per i tagli che sentiva dentro.

«Mettilo ancora nell'Amuchina, però.»

Gli uccellini cinguettavano, c'era il sole, ma soffiava un refolo di vento che a Lamon faceva sempre un effetto strano. Qualche nuvolone isolato passava veloce nel cielo.

«Ho sentito in tivù che pioverà pioggia forte, oggi» continuò la mamma.

«Sì, lo diceva anche Giorgio» commentò Luca, «ma devono essersi sbagliati.»

«Tuo fratello dov'è?»

«Credo sia andato in camera.»

«Ti sei spaventato ieri?» domandò finalmente lei.

Luca accennò un sì con la testa, ma evitò di incrociare il suo sguardo.

«Mi dispiace tanto, non dev'essere stato facile neanche per te» disse la madre, sfiorandogli un braccio. Luca si rilassò, sperando che la cosa finisse lì.

Non ci credo che va così liscia.

«Tuo padre ha ragione» aggiunse lei, ma sentì subito il bisogno di correggersi. «Cioè, almeno su una cosa ha ragione.»

Luca aveva già capito.

«Dovevo chiedervi aiuto.»

«Esatto. Oltre che dispiaciuta, sono molto arrabbiata per questo. Ti sei comportato in modo spericolatissimo, lo capisci? Ci pensi se quel poliziotto avesse frainteso e vi avesse sparato? Poteva capitare, no?»

No, non ci aveva pensato. Quel poliziotto, Salvatore, sembrava uno che non avrebbe mai sparato per sbaglio a dei ragazzini come loro. Ma Luca tenne l'obiezione per sé.

«Io non lo so perché fai così. Prima la faccenda del bosco, poi questa. Cerchi di avere la nostra attenzione? Dillo, se è così.»

«Ma no! Io non l'ho mica fatto apposta!»

La mamma, però, guardava lontano e sembrava non ascoltarlo più.

«Abbiamo già tanti problemi, io e tuo padre. Ci sono cose che... Cose che adesso non puoi capire, Luca.»

E perché? Cosa c'è di tanto difficile da capire? Guarda che ho sentito, quando hai detto a papà che non è la vita che volevi. E qual era, questa vita, mamma? Senza papà? O senza di noi?

«Oggi che fai?» chiese cercando di cambiare discorso.

«Vado al corso di cucina. Stavolta lo hanno anticipato alle tre, quindi devi stare a casa con Giorgio. Tu e tuo fratello dovrete aiutarmi, in questo periodo. Specialmente tu, che sei più grande.»

Fino al giorno prima sarebbe stato un grosso problema, non poter uscire di pomeriggio. Ma adesso sembrava un'ancora di salvezza: Luca non voleva incontrare nessuno. Anzi, una parte di lui avrebbe desiderato partire con il padre, tornare a Genova, rinchiudersi per sempre in quella prigione di città. Tutto, pur di non sostenere il peso della vergogna che sentiva.

Soprattutto per Chiara, che mi ha visto. Che ha capito come sono davvero.

«Come si chiama il maestro?» le domandò.

«Quale maestro?»

«Quello che vi insegna a cucinare, dico.»

«Non si dice maestro, te l'ho già spiegato. Si dice chef. E perché lo vuoi sapere?»

«Così, per vedere se lo conoscevo.»

«Michele Pante.»

«Forse l'ho sentito.»

«Magari dalla nonna. Ci conosciamo sin da bambini, quando venivo qui d'estate come voi. Avevo anche io il mio gruppo di amici, come i tuoi.»

Solo che io degli amici non li ho più.

«Ehi» disse la mamma guardando in direzione della strada. «Mi sa che hai visite.»

Luca alzò gli occhi e vide Marica che camminava fuori dal giardino e gli faceva un saluto incerto con la mano. Se voleva far finta di essere passata di lì per caso, non ci era riuscita.

«Vado un attimo a parlarle. C'era anche lei, ieri.»

«Non raccontarle cose che non sappia già, mi raccomando» lo avvertì la madre bruscamente. «Sono faccende nostre. E ricordati di oggi pomeriggio.»

Luca fece cenno all'amica di fermarsi, poi si avviò verso di lei coi piedi pesanti di un condannato al patibolo.

Non aveva voglia di vederla, eppure era contento che fosse venuta. Non aveva voglia di parlarle, eppure desiderava spiegarle il suo errore.

«Facciamo due passi?» lo invitò Marica e Luca accettò.

Andarono fino al bivio, dove c'erano una panchina e, dietro, un capitello votivo di legno che ospitava un Cristo in croce. Ce n'erano diversi in paese, tutti con la croce coperta da una tettoia conica per proteggere dalle intemperie il povero Gesù morente.

Gli venne in mente che una volta David aveva imprecato con un inedito *diopicà*, che significava "Dio appeso".

Quanto gli sarebbero mancate le imprecazioni di David.

E le frasi di Boškov citate da Alessio.

Dopo pioggia viene sole, direbbe il mister.

Sedettero e Marica attese, quasi lui dovesse davvero raccontarle qualcosa, come aveva detto sua madre. In realtà non era così, visto che lei aveva assistito da un posto in prima fila al suo tracollo.

«Come ti senti?» gli chiese.

«E come vuoi che mi senta?»

Marica cercò di prendergli la mano, ma lui si sottrasse.

«No, che ci vede mia madre.»

Marica aveva una faccia da cane bastonato, non era chiaro se per le disavventure di Luca o per l'evidente freddezza che lui le mostrava. Ma a lui la sua delusione non faceva alcun effetto, come non gli facevano effetto i seni strizzati in un'altra delle sue maglie aderenti. L'incantesimo ormai si era spezzato, e adesso riusciva a vedere solo gli sgradevoli peletti biondi sulle gambe nude, gli occhi tondi, le unghie smangiucchiate da bambina.

«Samuele si è calmato? Mio papà gli ha telefonato.»

«Ièr él diséa che se él te ciapa él te copa» le scappò fuori. Poi tornò a parlare italiano, come faceva di solito con lui. «Ma era appena successo, gli sarà passata.»

L'incertezza circa la collera di Samuele peggiorò il malessere di Luca.

«E gli altri?»

Marica sospirò, allargando le braccia.

«Boh, erano tutti stupiti per come è andata 'sta storia.»

Gli dispiaceva per Samuele, dicevano che suo padre gli avrebbe fatto il culo per il motorino.

Dunque anche il grande Samuele aveva una famiglia che s'arrabbiava se combinava casini. Solo che lui, poveraccio, questa volta non aveva colpe, aveva solo cercato di aiutarlo. Aveva tutte le ragioni per essere incazzato.

«David dice che era logico, che fosse un poliziotto. Altrimenti non sarebbe andato a dormire in albergo.»

«Adesso sono tutti bravi a parlare!» alzò la voce Luca, poi rimase zitto a guardare davanti a sé.

C'era il monte Coppolo, di fronte, con la sua forma squadrata che lo faceva sembrare un'antica muraglia. E la Vallazza, a destra, che vista da Lamon era irregolare e monca, come se le avessero staccato un pezzo di roccia per metterci i prati. Le montagne stavano lì da sempre e per sempre sarebbero rimaste. Avevano vegliato su quell'altopiano quando il paese non esisteva e c'erano solo gli orsi giganti, come quello custodito nella teca dentro il municipio. Le montagne stavano lì ai tempi dei Romani, che avevano creato il primo insediamento di cui Luca aveva letto su un dépliant, ai tempi del dominio veneziano e durante le rappresaglie di guerra dei tedeschi di cui gli aveva raccontato nonna Ada. Le montagne erano rimaste lì con la neve, la pioggia, il sole. Avevano visto milioni di storie srotolarsi sotto di loro come i gomitoli di lana della nonna. E adesso osservavano dall'alto la storia di Luca e dei suoi amici, indifferenti nella loro immutabile forza, nella loro eterna bellezza.

Anche Luca avrebbe voluto essere distante da tutto e tutti, fermo come le montagne a guardare il tempo che passava. Magari non l'eternità, ecco. Gli bastavano quei pochi, maledetti anni che lo dividevano dal momento di diventare adulto.

Riuscì a imitare l'indifferenza glaciale dei monti almeno per un paio di minuti, quando Marica gli poggiò la testa sulla spalla e riprovò a prendergli la mano. Restò immobile e altero, come il Coppolo e la Vallazza, resistendo all'impulso di fuggire via, ma anche di fare qualsiasi cosa che potesse illuderla.

Marica era l'unica dei suoi amici che era venuta a cercarlo e gli dimostrava affetto e preoccupazione. Meritava qualcosa di più della sua indifferenza, ma Luca non poteva darglielo e non voleva mentirle. Lei se ne accorse e si staccò.

«Che c'è? Ce l'hai con me?»

Luca non riuscì a confortarla.

«No, però... Ecco, non mi sento di andare avanti con questa cosa» si sentì dire, stupendosi del tono adulto delle sue parole. Forse non gli mancavano tutti quegli anni, per diventare grande.

Il dispiacere di Marica gli arrivò così nitido che sembrava un odore mescolato al vento.

«Ma perché? Che c'è che non va? Non ti piaccio più?» domandò e Luca ebbe il tempo di pensare a quanto fosse assurdo quel modo di dire, "Non ti piaccio più?", come se una persona ti potesse piacere un giorno e quello dopo no.

Marica non gli era mai piaciuta.

«A me piace Chiara» confessò senza la minima delicatezza.

Lei lo fissò con la bocca dischiusa e lui si sentì una merda per la delusione che le dava.

L'hai presa in giro.

Il silenzio di lei invocava una spiegazione e Luca fu costretto a guardarla negli occhi. Vide che si stavano velando di lacrime e questo lo fece sentire ancora peggio. Ammesso che fosse possibile sentirsi peggio di una merda.

«Ma lei sta con Samuele!» ribatté Marica.

E questo che significa?

«Lo so. È che... mi piaceva anche prima.»

«E allora perché mi hai baciato, l'altra sera?»

Già, perché?

Perché voleva provare.

Perché non aveva mai baciato una ragazza.

Perché ci si era trovato.

Perché Marica lo desiderava e non voleva dirle di no.

Perché la Forza misteriosa aveva fatto di tutto, si era malignamente impegnata, aveva usato tutti i suoi trucchetti per far capitare quel bacio. E poi per distruggere la reputazione di Luca. Forse non si chiamava Forza. Forse il suo nome era semplicemente: sfiga.

Luca si passò le dita tra i capelli, tirandoli indietro.

«Ascolta... Non volevo farti soffrire, mi dispiace» fu quanto riuscì a balbettare.

Marica si alzò.

«Pensavo fossi un ragazzo diverso dagli altri» disse con la voce rotta e si avviò a testa bassa lungo via del Sole.

Mandava via l'unica persona che lo aveva considerato speciale.

Se fosse stato l'eroe di un film, Luca sarebbe corso a stringere Marica, scoprendo che l'amava perché aveva saputo scorgere in lui qualcosa di diverso, qualcosa che tutti gli altri non vedevano. Invece era solo Luca Ferrari, in fondo a via del Sole, nel paesino di Lamon. E non ce l'aveva mica, qualcosa di diverso. Forse credersi speciale era solo un alibi per assolversi dai disastri che combinava.

Marica era sempre più lontana e si portava le mani al viso. Probabilmente adesso stava piangendo.

Anche Luca si alzò, ma non cercò di fermarla.

La guardò andarsene in silenzio, come in silenzio la guardavano il Coppolo e la Vallazza, spettatori indifferenti del loro piccolo, eterno addio.

33

«Guarda, amico, la perturbazione che dicevano. È in ritardo» spiegò Giorgio indicando le nuvole nere che venivano dalla Valpora, compatte come truppe di fanteria.

C'era elettricità nell'aria e si vedeva qualche lampo, ma ancora lontano. Qua e là si aprivano squarci di cielo sereno come occhi che si destassero per un attimo dal sonno, prima di richiudersi.

Luca sperò che piovesse e venisse una bufera. Era l'unica condizione meteorologica adatta al suo umore.

In giardino, Giorgio era alle prese con il solito brutto gatto dal pelo multicolore. In mancanza del famoso e introvabile tasso, il gattaccio era un buon sostituto cui cercare di avvicinarsi. Lo punzecchiava con un sottilissimo stecco di legno. Il gatto rispondeva con zampate e agguati e sembrava divertirsi, anche se Giorgio si teneva a debita distanza.

«Attento, che poi ti graffia» disse la madre affacciandosi alla finestra e poi rientrando.

«Va bene 'ma» le diede ragione Giorgio, poi continuò imperterrito il suo duello con il gatto.

Luca era sdraiato sul lettino da sole e leggeva un libro di racconti che aveva trovato tempo prima in casa dei nonni. Si chiamava *Horroriana* e raccoglieva i testi di una serie di autori che sembravano tutti famosi, a giudicare dalle biografie che chiudevano le loro storie.

Proprio in quel momento finì l'ultimo racconto, anche se ne aveva lasciati indietro alcuni da leggere. Ma di quello l'aveva colpito il titolo: *Sotto mentite spoglie.*

Raccontava di due fidanzati che, durante un temporale, cadevano vittime di una famiglia di pazzi sanguinari che abitava in un castello diroccato. I due erano in trappola, in balia di questi assassini, forti solo del loro amore. Però, alla fine, la prospettiva si ribaltava e si scopriva che gli innamorati erano vampiri pronti a sbranare gli assassini.

Magari, potersi nascondere dietro un aspetto innocente e poi, di colpo, mostrare la propria forza selvaggia per terrorizzare tutti.

Chiuse il libro e vide la madre uscire con la borsa quadrata che portava sempre al corso di cucina. Aveva un vestito corto che le scopriva le gambe, e si era truccata. Era difficile non accorgersene.

«A che ora torni?» le domandò Luca.

«Alle cinque e mezza. Massimo le sei. Solo tre ore.»

Si avvicinò e gli diede un bacio. Aveva messo di nuovo quel buon profumo, che a Luca ricordò la serata della pizza e della macchina nera.

«State in casa, che tra poco piove» si raccomandò. «Forse verso le quattro passano i nonni a farvi un saluto.» Quelle parole furono un'altra pugnalata all'autostima di Luca.

Tre ore. Ormai non si fidano a lasciarmi solo neppure per tre ore!

Ancora una volta, tenne le sue obiezioni per sé. Non era mai stato capace di farsi valere con la madre e quello non era certo il momento per iniziare. Per mostrare chi si celava sotto le sue mentite spoglie.

Ma c'è qualcuno? O sei sempre e solo tu?

La madre salutò con un colpo di clacson della sua Fiesta cigolante e Luca pensò di rimettersi a leggere uno dei racconti lasciati indietro, mentre Giorgio continuava nel suo confronto con il gattaccio.

Si sentì un tuono, in lontananza. Il temporale iniziava a rivelarsi in tutta la sua potenza.

Quando udì il rumore delle biciclette sulla strada sterrata, Luca pensò che fosse qualcuno dei Facchin, i vicini, che tornava a casa. Invece c'era Alessio che pedalava in piedi per fare posto a Chiara, seduta sul sellino.

Luca saltò su dal lettino come un pupazzo a molla. D'istinto guardò se dietro loro due non ci fossero gli altri, soprattutto Samuele, furibondo e in cerca di vendetta. Temette avesse aspettato che sua madre si allontanasse per venire a regolare i conti.

Ma la bici era una sola.

Luca aprì il cancelletto all'ingresso.

«Ehi, ciao, che ci fate qui?» chiese, confuso.

«Come, che ci facciamo, minghia! Secondo te?»

Alessio frenò e toccò terra coi piedi, lasciando scendere Chiara. «Siamo venuti a salutarti, no?» Appoggiò la bici contro la recinzione che delimitava il giardino dei Ferrari.

«Portala dentro, se vuoi.»

Alessio alzò le spalle.

«Dopo, se piove.»

«Mi sa che non manca molto.»

Si avvicinò anche Giorgio, più circospetto e timido del solito. Anche lui percepiva la tensione del fratello.

«Ciao.»

«Ciao, Gio'.»

«Dài, entrate» li invitò Luca e guardò Chiara. Si era messa anche un po' di ombretto sugli occhi.

Aveva i denti bianchissimi e i capelli che profumavano di shampoo. Era ancora più bella di come la ricordava. Chiara gli faceva questo effetto pazzesco: era come se la incontrasse sempre per la prima volta.

E se Marica le ha già detto cosa provo?

Pazienza. Ormai la sua reputazione era distrutta e Samuele già lo voleva ammazzare.

Tanto vale.

Spostò un paio di sedie di plastica e li fece accomodare, anche se il vento che si rinforzava scompigliandogli i capelli lasciava presagire che non restasse molto tempo prima dell'acquazzone.

Un altro tuono, più vicino. Giorgio guardava il cielo ammirato dal manifestarsi delle forze naturali. Non si vedevano più sprazzi di luce, ma solo un monotono color acciaio.

«Entra a chiudere le persiane, prima che sbattano.»

Il piccolo ubbidì e rimasero loro tre.

«Volete qualcosa da bere?» domandò Luca, cercando di comportarsi da bravo padrone di casa.

«No, grazie.»

Nonostante Alessio si fosse presentato baldanzoso, ora nessuno sapeva bene da dove cominciare la conversazione e Luca si sentì in dovere di rompere il ghiaccio.

«Ragazzi, io volevo dirvi che mi dispiace. Ho combinato un macello.»

Le facce degli altri due non lo smentirono. Perché avrebbero dovuto?

Cercò la forza per spiegarsi. Desiderava che quel messaggio arrivasse a tutti, anche a David e Samuele.

«Il fatto è che mi sembrava che ogni cosa tornasse, capito? I particolari combaciavano! Quella storia nel bosco, la macchina nera con la targa Roma, che poteva essere rubata, l'uomo coi baffi, gli articoli di giornale. E poi la pistola! Non avevo mai visto un tipo in borghese con la pistola.»

Gli amici ascoltarono Luca con l'aria triste di chi capiva, ma non poteva fare molto per aiutarlo.

«Comunque è colpa mia, ho voluto vedere le cose in quel modo, perché me ne ero convinto.»

«Be', Lu'» iniziò Alessio solenne, agitando il ciuffo, «anche il mister lo dice: "Un grande giocatore vede autostrade dove altri vede solo sentieri".» E Luca riuscì a ridere; rise anche Chiara. «Solo che l'autostrada che hai visto tu non c'era proprio!»

Risero ancora più forte e la tensione si allentò.

«Ma Samuele? È ancora incazzato?» chiese Luca.

«Be', un po'...» iniziò Chiara e si capiva che sì, era incazzato e anche parecchio. «Ma stamattina ci siamo sentiti e mi sembrava che andasse meglio. Tuo padre ha chiamato per dire che vuole regalargli un motorino nuovo. Samuele dice che si farà comprare il Sì, alla faccia tua.»

«E fa bene» finse di scherzare Luca, ma tutto quel rancore lo preoccupava.

Cosa faccio, se lo incontro?

«Minghia, il Sì costa un pacco di soldi. Tuo padre è troppo bravo. Alla fine è Samuele che ha sbagliato la curva ed è caduto, eh!»

Già, questo era vero, ma Luca sarebbe rimasto per sempre il colpevole, uno stupido ragazzino di città che aveva scambiato un poliziotto per un bandito evaso, uno capace di pensare che un ricercato potesse dormire in albergo e scorrazzare per Lamon su una macchina targata Roma, tanto per passare inosservato.

Che idiota.

Tornò Giorgio.

«Ho chiuso tutto, amico, anche perché inizia a piovere.»

«Infatti ho sentito una goccia» confermò Chiara. Nel giro di pochi secondi presero a cadere goccioloni giganti. Esplose un tuono così forte che sembrava potesse spaccare in due il cielo.

«Cosa fate, andate a casa?»

«Mi sa che non facciamo in tempo. Magari aspettiamo qui, ti spiace?»

«Ma no, anzi!»

Per la prima volta dopo l'inseguimento al campo da tennis, Luca pensò che forse non tutto era perduto.

34

Adesso che l'imbarazzo era superato, Luca si sentiva più calmo. Era felice del fatto che i suoi amici fossero venuti a trovarlo.

Non si era immaginato così la visita di Chiara a casa sua. C'era stato il progetto del padre di invitare a cena lei e sua mamma, per ringraziarla di avergli medicato la ferita al dito. Ma di sicuro non se ne sarebbe fatto più nulla.

Sembrava passata una vita.

«Possiamo andare sotto il portico sul retro. Però portiamo anche la bici.»

Alessio si avviò fuori dal giardino, mentre Chiara e Giorgio mettevano le sedie al riparo dalla pioggia. Luca trascinò il lettino.

Se si bagna il cuscino, mamma s'incazza.

Fu in quel momento che sentì il motore.

Non era il normale suono di una macchina in avvicinamento. Era il rombo di un motore lanciato al massimo sulla loro stradina.

Fece qualche passo in avanti e vide arrivare la Croma nera.

Papà ha dimenticato qualcosa? Ma deve andare a Milano! È tardissimo!

Poi riuscì a inquadrare per un attimo il radiatore e vide che non c'erano le quattro strisce della Fiat, ma un logo diverso. E il colore era grigio, scurissimo sì, ma non nero.

I particolari. I particolari, come dice papà.

«Ale!» urlò, mentre la macchina inchiodava e le gomme bloccate strisciavano sulla ghiaia di fronte a casa. L'ultima cosa che Luca vide del suo amico furono gli occhi che si voltavano verso di lui stupiti, come se Alessio non capisse.

O avesse capito tutto quanto insieme.

Poi un uomo magro e coi baffi sottili scese veloce, lasciando la macchina accesa, e tese il braccio destro che impugnava la pistola. Si sentì un altro tuono e, quasi contemporaneamente, un colpo più secco e sordo. Il petto di Alessio, trapassato dal proiettile, mandò uno schizzo di sangue. Fece ancora due passi, poi barcollò e infine crollò nell'erba come una marionetta coi fili tagliati.

Luca sentì un orrendo gemito provenire dall'amico ferito, ma non poteva muoversi per aiutarlo, non poteva fare nulla, paralizzato dall'orrore.

L'uomo si avvicinò ad Alessio, smosse il suo corpo con un piede e si chinò per guardargli la faccia. Ciò che scoprì lo fece scattare di rabbia, come se il viso del ragazzo cui aveva sparato non fosse quello che si aspettava. Rimase fermo solo un istante, prima di decidere. Quindi puntò di nuovo la pistola e sparò alla nuca di Alessio. Luca vide il corpo del suo amico sobbalzare senza che ne venisse alcun suono.

Quando Alessio rimase immobile, nell'erba, l'assassino alzò gli occhi. E inquadrò Luca. Solo allora lui trovò la forza di correre verso il retro della casa.

«Scappate! Via!» urlò. Suo fratello iniziò subito a correre e il gattaccio multicolore soffiò e fuggì.

Luca ebbe il tempo di girarsi e vedere l'uomo con la pistola, vestito di nero, correre verso di loro.

Chiara rimase immobile.

«Via, cazzo! Via!» gridò ancora lui, con la voce resa stridula dal terrore, e la afferrò per un polso.

La trascinò verso il bosco, dove già si stava infilando Giorgio, che correndo emetteva uno strano verso. Una specie di pianto, ma anche un ansito. Però correva, quanto correva, su quelle gambette, per salvarsi. Si lanciò giù per il sentiero, mentre Luca e Chiara gli stavano dietro a fatica. La pioggia batteva sulle foglie sopra di loro tanti piccoli colpi come di martello, il rumore li circondava, ma sentirono altri due colpi secchi, in rapida successione.

Un tronco alla loro destra sibilò e la corteccia saltò via. Poi ci furono un grido e un'imprecazione. Luca si girò e vide che l'uomo era caduto, forse inciampando su un ramo.

«Andiamo, dài, andiamo» urlò ritrovando speranza e quasi volò sul tappeto di aghi d'abete. Balzavano a grandi passi sul sentiero, sempre più in basso, nel cuore del bosco. Raggiunsero la fine del terreno di famiglia, delimitato da una rete d'acciaio.

«Muoviti!» Luca, da sotto, spinse il fratello che si teneva aggrappato alla rete e lo buttò dall'altra parte. Chiara riuscì ad arrampicarsi da sola e quando caddero giù, oltre la rete pure loro, ricominciarono a correre.

Chiara era terrorizzata, scappava senza capire nulla, alla cieca.

«Di là» disse Luca, indicando la sinistra, affidandosi solo all'istinto. Raramente avevano superato il confine del loro terreno, ma Luca ricordava che, andando da quella parte, si sbucava in una piccola radura. A volte, da lontano, vi aveva scorto un signore che tagliava l'erba o metteva a posto una baracca di attrezzi.

Lo scroscio della pioggia sembrava una cascata tra gli alberi. Chiara arrancava, Luca era ormai stanco, gli mancava l'aria.

Si voltò, ma non vide più il loro inseguitore.

Arrivarono alla radura: era deserta, nessun uomo, solo la pioggia sempre più fitta.

Luca vide la baracca per gli attrezzi e corse in quella direzione, si catapultò contro la porta, sbatté con i pugni, diede una spallata con tutto il suo peso, ma il legno non cedette e lui sentì una scarica di dolore salire su per il collo, sino alla testa.

«Mettiamoci qui» decise allora, tirandoli tutti e due addosso alla parete di legno.

La pioggia era una doccia fredda su capelli e vestiti. Giorgio ansimava, Luca sentiva di avere il fiato così corto che temeva di essere prossimo a un attacco d'asma.

«Respira, amico. Respira» disse Luca al fratellino e a se stesso.

Si toccò la tasca, cercando il Ventolin, ma non lo aveva. Si guardò intorno, poi guardò verso il bosco.

Non veniva nessuno.

Si è fatto male e lo abbiamo seminato. Oppure ha perso troppo tempo! È dovuto scappare per non essere catturato!

«Ma Alessio? Cosa è successo ad Alessio?» chiese Chiara tra i singhiozzi. Luca la guardò con occhi sgranati.

«Era per terra.»

Rimasero nascosti per un minuto, prendendo aria.

«Non possiamo stare qui, se arriva ci trova!»

«E allora dove andiamo?» urlò Chiara, la voce sottile adesso isterica.

Luca indicò il bosco oltre il prato. Dovevano scendere ancora. «Vai, veloce!» la spinse e corse anche lui, tirandosi dietro Giorgio.

Ma suo fratello, di colpo, si fermò.

Si piantò a terra, nel mezzo del prato, e si mise a piangere. Piangeva tutto rosso, con la bocca spalancata e le mani sugli occhi, un pianto disperato, invincibile.

Piangeva senza parole, solo un lamento di terrore, come se d'improvviso avesse esaurito tutte le energie nervose che gli avevano permesso di fuggire.

«No, Gio', non fare così, manca poco!» cercò di calmarlo Luca e anche lui stava per piangere, perché l'altro pezzo del bosco era vicino e forse lì sarebbero stati in salvo, ma se suo fratello non si alzava non lo avrebbero mai raggiunto.

Giorgio fissava Luca senza riuscire a dire nulla. Sembrava lo implorasse di fare qualcosa.

Ma cosa? Cosa?

Chiara era arrivata al secondo tratto di bosco e li guardava con occhi altrettanto supplici.

«Presto! Venite!» urlò.

Luca prese il fratello in braccio, Giorgio gli si attaccò al collo e avanzarono così, insieme, per qualche metro. Luca sentiva l'acqua che entrava nelle scarpe e le gambe di pietra.

Non ce la faccio, non ce la faccio.

Lo mise giù e cercò di tirarselo dietro, quasi con rabbia, ma Giorgio piangeva ancora.

«No, cazzo, no!» ringhiò Luca.

L'uomo sbucò dagli alberi alle loro spalle.

Prima si guardò intorno, come un predatore che fiuta le tracce del suo pasto. Ma appena ebbe inquadrato i due fratelli Ferrari, puntò verso di loro. Zoppicava, forse per la caduta.

Era lui, la stessa statura, i baffi sottili, non folti come

quelli del poliziotto Salvatore. Negli occhi, odio e determinazione.

Santoro. Avevo ragione. Per una volta, avevo ragione.

Luca riuscì a sollevare suo fratello e tentò di riprenderlo in braccio, con la forza della disperazione. Santoro correva, seppur claudicando.

«Vattene, vattene via!» gridò Luca a Chiara, ma non ebbe il tempo di vedere se lei scappava davvero, perché una gamba gli cedette e stavolta caddero insieme, lui e Giorgio. Suo fratello sbatté la faccia per terra e gridò disperato.

Santoro era ormai a meno di trenta metri.

Luca si rialzò e cercò un sasso da tirargli, ma nell'erba non ce n'erano.

Scappa! Scappa, cazzo!, gli urlò l'istinto da qualche parte, ma non lo ascoltò.

Si parò davanti a Giorgio, aprendo le braccia come se il suo corpo potesse respingere i proiettili.

Santoro rallentò la sua faticosa corsa, tenendo la pistola lungo il fianco.

Si avvicinò ancora, i passi nell'erba coperti dal rumore della pioggia e dal pianto di Giorgio. Aveva i capelli fradici attaccati alla fronte.

Si fermò, sul viso una luce di follia. Rimase a guardarli per un attimo, Luca a braccia aperte davanti a Giorgio.

«Anch'io avrei fatto lo stesso, per mio fratello» disse, e in quell'attimo di esitazione Luca sperò di trovare un'ancora cui aggrapparsi. «All'inferno racconterò a vostro padre quanto siete stati coraggiosi» concluse Santoro e puntò la pistola.

Luca chiuse gli occhi e mentre aspettava il colpo, nemmeno riuscì a gridare. Un altro urlo ruppe il silenzio.

Era il grido rabbioso di una bestia selvatica e feroce.

Quando aprì gli occhi, Luca vide Santoro per terra, che lottava nell'erba con qualcosa di indefinibile.

Un licantropo.

Aveva capelli aggrovigliati e sudici, una barba ispida e lunghissima.

Santoro sbuffava e stringeva i denti, il licantropo lo sbatté sull'erba con una forza devastante. La pistola che il bandito stringeva sparò, ma i colpi finirono chissà dove.

L'essere sbatté il braccio di Santoro a terra fino a che l'arma cadde e scivolò lontano sull'erba bagnata, mentre l'uomo urlava di dolore.

Il licantropo ricevette una ginocchiata tra le gambe, e con un lamento mollò la presa. Il bandito riuscì a girarsi e a sederglisi a cavalcioni sul petto, gli serrò il collo.

Il licantropo gemeva sotto la morsa delle dita di Santoro che lo strozzavano.

Fu allora che Luca non pensò più.

Vedeva solo la testa di Santoro, chino sulla creatura del bosco. Immaginò che fosse un pallone pieno di veleno, che doveva essere scalciato via.

Caricò il destro e colpì la testa con tutta la forza che aveva, centrandola di collo pieno.

Santoro si accasciò di lato e portò le mani al capo, rotolò, ma nonostante il tremendo colpo subito, gridando e barcollando, si diresse contro Luca.

Nel cielo scoppiò un tuono.

O così sembrava.

Poi, sul collo di Santoro, Luca vide un foro da cui uscì un fiotto di sangue. Il bandito si portò una mano alla gola, gli occhi sbarrati di stupore, le dita che non riuscivano a fermare l'emorragia. Cadde in ginocchio, ansimando come se non trovasse più aria, poi crollò in avanti, mezza faccia nell'erba, l'altra rivolta al cielo. La pioggia cadeva sull'occhio ormai vuoto.

A pochi metri da lui, in piedi, il licantropo teneva in mano la pistola.

Luca, finalmente, lo guardò.

35

Non era un licantropo, ma solo un uomo. Un uomo con la barba e i capelli lunghissimi e unti. Puzzava come un animale selvatico.

Era alto, altissimo, e a Luca vennero in mente le parole di nonna Ada: «Era una specie di gigante, grande e grosso».

Mussat.

Giorgio ancora piangeva, pochi metri dietro di loro.

Adesso tocca a noi.

«Non sparare, ti prego» implorò Luca e l'uomo del bosco, sotto la massa di capelli e la barba di anni, fece una smorfia che poteva essere un sorriso.

Poi gettò la pistola lontano.

Restarono lì, l'uno davanti all'altro, i volti che gocciolavano di pioggia, mentre Chiara arrivava di corsa, dicendo qualcosa che Luca non capì, e abbracciandolo, disperata.

«È l'Uomo Selvatico, Luca?» chiese Giorgio alle sue spalle, tirando su con il naso.

Luca fece cenno al fratello di stare fermo. «Sì» mormorò.

L'uomo si mosse di lato, ingobbito, eppure con delicatezza.

Devo prendere la pistola.

Luca guardò Chiara negli occhi.

«Fermo, stai fermo» disse pianissimo la ragazza.

Mussat li superò e raggiunse Giorgio, chinandosi come un enorme gorilla uscito dalla foresta per cogliere un minuscolo fiore.

Il piccolo lo guardò e deglutì, passandosi il palmo destro sul viso fradicio di pioggia e lacrime.

L'uomo gli offrì la mano dalle unghie nere e lo aiutò ad alzarsi. Poi, con un cenno della testa, fece segno a Luca e Chiara di seguirlo.

La pioggia, ora, stava diminuendo.

Lasciarono Santoro per terra, morto, ma prima di andarsene Luca raccolse la pistola e se la portò via, stretta in pugno, attento a non sfiorare il grilletto.

Guidati da Mussat, risalirono la collina fino a casa.

Luca e Chiara tremavano per il freddo e la paura, Giorgio invece sembrava più tranquillo, seguiva l'uomo del bosco stringendo la sua mano.

Arrivarono in cima e l'uomo fece un gesto per dire ai ragazzi di aspettarli lì. Si mosse veloce, nonostante i piedi nudi.

«Così neri che sembravano fatti di asfalto» aveva detto sua nonna.

Costeggiò la casa e si affacciò oltre l'angolo da cui si vedeva la strada, come se temesse altri pericoli. Poi indicò loro di andare.

Lo guardarono senza sapere cosa dire. Alla fine fu il più piccolo a parlare.

«Grazie di averci salvato» disse, e aggiunse «amico.»

L'uomo del bosco si abbassò di nuovo. Gli fece una specie di carezza sulla testa e si avvicinò con la bocca al suo orecchio.

Luca sentì che la voce gracchiava come uscisse da una caverna. Era forte, eppure non capì le parole. Gli parve che facesse una domanda e che suo fratello annuisse in risposta, molto serio.

Poi, di scatto, Mussat si rialzò, piantando gli occhi scurissimi su Luca, che rimase lì a guardarlo. Avrebbe voluto dire milioni di cose, ma – come sempre – le parole non venivano.

Per una volta, però, nemmeno servivano.

Il gigante alzò la faccia al cielo e alla pioggia e chiuse gli occhi come un uomo preistorico rivolto in preghiera a un'oscura divinità. Poi tornò a guardare i tre ragazzi e i suoi occhi sembravano più distanti. Sicuramente più tristi.

Lanciò un grido in cui parvero mescolarsi esultanza e follia, eccitazione e dolore.

E infine corse via, sparendo nel suo bosco.

36

Luca guardò il fratello e lo vide così piccolo e così...

Vivo. È vivo, anche stavolta. Morte bastarda, ti abbiamo fregato ancora.

Lo abbracciò e lo strinse a sé come non faceva da anni, da quand'erano piccolini e, la sera, Giorgio metteva il pigiamone con i bottoni sul davanti ed era tutto morbido da stringere.

Arrivò anche Chiara e li circondò con le sue braccia.

Luca sentì il profumo e il calore di lei nonostante il freddo della pioggia e gli parve di essere diventato un corpo unico con loro due, pieno di affetto e di forza.

«Aiuto, soffoco!» si lamentò Giorgio, e quando Luca lo lasciò andare aveva l'aria imbarazzata da tutte quelle smancerie. Sembrava lui il fratello grande, adesso.

«Che ti ha detto?» gli chiese Luca.

«Parlava in dialetto, la voce era strana.»

«Sì, lo so. Ma hai capito cosa ha detto?»

Giorgio annuì, orgoglioso.

«Certo. Ha detto che non dobbiamo dirlo a nessuno

che era qui. A nessuno. Mi ha chiesto se avevo capito bene e gli ho detto sì.»

«E poi? Che ti ha detto, poi?» domandò Luca.

«Ha detto che un giorno lo vedrò, il mio tasso.»

Luca rimase in silenzio, mentre gli ingranaggi giravano vorticosamente nella sua testa.

L'altra sera nel bosco, era lui l'uomo avvinghiato all'albero. È lui che ha riportato la palla dal bosco. Ci guardava. Ci guardava da chissà quanto tempo. Per questo ha potuto salvarci. Perché ci guardava.

Poi un altro pensiero gli si affacciò nella mente.

Ci proteggeva?

«Voi due state qui, okay? Vado a chiamare aiuto» ordinò Luca.

«Va bene» rispose Chiara, stremata.

«Non mollarlo, okay? Non mollarlo per niente al mondo» le disse Luca prima di lasciarli.

Chiara strinse le spalle del piccolo e annuì.

Luca girò intorno alla casa e aspettandosi di trovarsi davanti le luci dei carabinieri, ma non era così.

C'era solo la macchina, sulla strada ancora deserta.

E poi Alessio, immobile nel giardino.

Luca ebbe l'istinto di avvicinarsi, ma fu solo per un attimo.

Non puoi aiutarlo. È morto.

Abbassò la testa per non vedere il corpo dell'amico, altrimenti avrebbe perso la forza di agire.

Puntò verso casa.

Aveva ancora in mano la pistola, anche se non avrebbe saputo che farne, nemmeno se fosse servita. Camminò dritto fino in cucina, raggiunse il telefono. Non pensò neppure per un attimo di avvisare i nonni. «Devi promettermi che mi chiamerai sempre, se qualcosa non va. E se non ci sono, chiama la mamma. Prima noi, dopo gli altri.» Così aveva detto suo padre, e così avrebbe fatto.

Prese l'elenco telefonico della Sip e cercò le poche, striminzite facciate occupate dagli abbonati di Lamon.

Cercò Pante, Michele: ce n'erano tre. Con le dita che tremavano fece girare il disco con le cifre, compose il primo numero di telefono e chiese del corso di cucina.

«Corso de che? Mi non fag corsi de gnent» disse una voce di donna, e riattaccò.

Chiamò il secondo numero e rispose un uomo.

«Chiamo per il corso di cucina.»

«Ah, buonasera» rispose l'uomo, la voce leggermente sorpresa. Aveva capito che stava parlando con un ragazzino: cosa c'entrava con la cucina?

«Io cerco...»

Qualcosa spinse Luca a fermarsi.

«Cioè, so che oggi c'è la lezione.»

«No, guardi, oggi non abbiamo lezione. La facciamo sempre e solo il mercoledì.»

Oggi non aveva lezione, allora. E nemmeno la sera della pizza c'era lezione, perché era venerdì.

«Cercavo mia madre» sbottò.

«Ma chi parla?»

«Sono il figlio di Francesca e cercavo mia madre. So che è lì.»

Silenzio. Luca ricordò la telefonata in cui nessuno parlava e la mamma si era arrabbiata ordinandogli di mettere giù la cornetta.

Era una telefonata segreta. Era il suo... Era il suo amante che la cercava, per questo non ha parlato.

Pensò che l'uomo avrebbe riagganciato, lasciandolo solo con il rumore del suo cuore che batteva nelle orecchie.

Invece disse: «Te la passo».

37

«Allora, partite domani?» chiese Chiara. Aveva un viso più stanco del solito e un'espressione più scura. Più adulta. La stessa che Luca aveva scorto quella mattina guardandosi allo specchio.

Perché niente era più lo stesso, neppure loro. Parlavano sotto il portico dove una settimana prima si erano rifugiati, risalendo dal bosco, quando Mussat era svanito per sempre e Luca era entrato in casa per telefonare alla madre e chiedere aiuto.

La scorta era ferma davanti al giardino e, un minuto prima, Salvatore si era affacciato a controllare che tutto fosse a posto: Luca gli aveva fatto okay con il pollice, sentendosi come il protagonista di un telefilm americano. Il problema era che recitare quella parte non era figo come l'aveva immaginato.

Per niente.

«È solo per un periodo, poi passerà. Ormai non c'è più pericolo. È finita» gli aveva garantito suo padre. «Davvero, te lo giuro. Per chiudere il cerchio, resta da trovare chi ha rivelato a Santoro che eravamo qui. Ma lo troveranno. Lo troveremo.»

A Luca ormai importava poco. E comunque aveva smesso di credere a suo padre. Era stato lui a dirgli che non sarebbe accaduto nulla.

Invece.

«Sì, partiamo domani, tutti insieme. Anche se i miei dormono in stanze separate» – riuscì a confessare con grande fatica.

«È per quella storia dello chef, vero?»

Luca deglutì.

«Allora la sai anche tu. Ti prego, non chiamarlo chef. La odio, quella parola. È solo un cuoco.»

«Scusami, non volevo.»

«Chi te l'ha raccontato?»

«L'ho sentito ieri da una che ne parlava con mia madre. I giornali hanno scritto solo che tua mamma non era in casa, quando... Quando è successo, ecco. Ma qui in paese le voci si spargono in fretta. Nessuno si fa mai gli affari suoi.»

Luca alzò le spalle.

«Che possiamo farci? È andata così.»

La profonda amarezza nel tono di Luca li azzittì per un po'.

«E Giorgio? Come sta?»

«E chi lo sa? Sembra tranquillo. Solo che disegna l'uomo del bosco dappertutto.»

«Ma non ne ha parlato con nessuno, vero?»

«No. E comunque, quando mio padre ha visto uno dei suoi disegni, si è spaventato. Pensava che fosse Santoro. Stavolta sono loro che non hanno capito niente.»

«E Giorgio che storia racconta ai tuoi?»

«Quella che abbiamo raccontato tutti, che Santoro è caduto, io gli ho preso la pistola e ho sparato. Sulla pistola ci sono le mie impronte.»

«Ma anche quelle di...»

«No. L'ho pulita con un asciugamano prima che arrivassero i carabinieri e ci ho lasciato sopra le mie.»

Chiara parve stupita. Luca avrebbe detto ammirata, ma c'era poco di cui essere orgogliosi di qualcosa, a quel punto.

«Lo conosco, mio fratello. Mantiene la parola. Non ne parlerà mai con nessuno. Devo stare attento io, a non farmi scappare niente.»

«Perché?»

«Continuano a farmi domande su come è andata.»

«Lo immagino, sono venuti due volte anche da me. Ma ho sempre detto quello che abbiamo deciso insieme.»

«E ci hanno creduto?»

«Mi sembra di sì.»

«Io ho dovuto anche parlare con uno psicologo.»

«E che ti ha detto?»

Luca scrollò le spalle.

«Più che altro cercava di far parlare me. Mi ha chiesto come mi sento. Ho fatto fatica a non sbagliarmi sulla storia. Comunque ho raccontato meno che potevo.

Mi sa che è stato lui a insistere coi miei genitori perché mi riportassero a Genova il prima possibile.»

Rimasero in un silenzio opprimente come l'aria afosa che incombeva sul paese.

Chissà che caldo, in città.

Il pensiero di tornare a Genova pesava come quel silenzio. Non gli era mai successo di trovarsi nel suo appartamento ad agosto. S'immaginava via Cantore arroventata dal sole, le strade vuote per via delle ferie, nulla da fare per tutto il giorno. Nessun prato dove andare a giocare, nessun bar dove trovare gli amici, solo un terrazzino di due metri per uno da cui guardare un pezzetto di cielo.

Alessio.

Non poteva evitare di pensarci. Continuava a sentire il gemito del suo amico quando era caduto a terra, dopo il primo colpo. Continuava a rivedere Santoro che puntava la pistola per finirlo, mentre lui restava lì inerte, immobile.

È morto al posto mio.

A volte la verità si nasconde nei particolari più insignificanti, aveva ragione suo padre.

Se mi fossi reso conto che era una Thema e non una Croma... Ma io di macchine non ho mai capito niente. Io non ho mai capito un cazzo di niente.

Se almeno si fosse accorto che la macchina era grigio scuro e non nera. Si ricordò di quando Alessio gli aveva spiegato le scale di colore e gli venne in mente il funerale, a Torino. Luca e suo padre davanti alla chiesa, la gente che piangeva, il carro funebre che arrivava e…

Si costrinse a fermare le lacrime. Ma non poteva tenersi tutto dentro, non più, e Chiara era l'unica in grado di capire, l'unica con cui poteva condividere quel dolore.

«È stato terribile quando hanno tirato fuori la bara dal carro funebre.»

«Volevo chiederti come è andata, ma pensavo ti dispiacesse parlarne.»

Lui esitò, gli occhi persi nel vuoto come se rivedesse la scena.

«Mi guardavano tutti. Qualcuno mi ha detto che ho avuto coraggio. Ma se avessi avuto davvero coraggio, Alessio forse sarebbe ancora vivo.»

Chiara non rispose nulla.

«E mio papà ha dovuto tenere lontani i giornalisti che volevano fare domande.»

«È venuta anche tua madre?»

«No, siamo andati solo io e lui. E i due poliziotti di scorta, anche se ormai non servono più, ora che Santoro è morto.»

«Ma quanto siete rimasti?»

«Abbiamo dormito a Torino una notte, la strada è troppo lunga per andare e tornare in un giorno. Sono stati i due viaggi più brutti della mia vita.»

Chiara gli accarezzò un braccio.

«Ma tu hai fatto bene, dovevi esserci.»

«Non volevo lasciarlo solo. Anche se…»

La voce si incrinò e Luca prese un respiro per non scoppiare in singhiozzi.

«Non riesco a pensarci, a lui in quella bara.»

Chiara deglutì prima di chiedere: «Lo hai visto?».

«Quando siamo andati alla camera mortuaria mio padre non ha voluto che entrassi. Ma io mi sono avvicinato, ho guardato da lontano e ho visto che era lì. Gli avevano messo una giacca scura, da grande. Proprio a lui, che portava sempre le magliette colorate e odiava le giacche.»

Un vestito scuro come il buio sotto terra. Alessio sarebbe rimasto al buio per sempre, con l'estate e con l'inverno, con il freddo e con la pioggia, indifferente a tutto, come le montagne. Ma, diversamente da loro, si sarebbe consumato giorno dopo giorno, fino a svanire.

Anche le montagne si consumano, solo che ci mettono molto più tempo.

«E Umberto Tozzi? Era al funerale?»

Luca scrollò le spalle.

«Ma va'. Alessio non lo ha nemmeno mai visto, Umberto Tozzi. Non era mica suo zio» disse in un tono da adulto.

«Perché, tu ci avevi creduto?»

«No, dopo quella storia del Cremlino.»

A Luca venne da sorridere, nonostante tutto.

«Già, il concerto dentro il Cremlino... Soltanto ad Ale poteva venire in mente una roba del genere... Me lo vedo, Tozzi, che canta *Gloria* mentre Gorbačëv applaude come nella scena finale di *Rocky IV.* Ci mancava solo Ivan Drago ed eravamo a posto!»

Chiara scoppiò a ridere e lui continuò.

«Però sai che i poliziotti di scorta lo hanno cercato tutto il tempo?»

«Chi?»

«Umberto Tozzi! Gliel'ho raccontato io, che era lo zio, e loro ci hanno creduto. Ho sentito che uno dei due voleva pure chiedergli l'autografo.»

Risero ancora più forte e Luca poté lasciar uscire veloci le lacrime e asciugarle subito.

«Alessio sarebbe stato fierissimo di questa cosa» disse Chiara quando le risate si furono dissolte, come un fuoco che è rimasto acceso troppo poco per cacciare via il gelo.

«Già» commentò Luca, poi rimase zitto, come se riflettesse. «Per questo tu racconta in giro che Umberto Tozzi c'era davvero, al funerale. Che era in prima fila e piangeva come una fontana. A Samuele, a David, a tutti i ragazzi che conosci, okay? Io non credo che avrò l'occasione di vederli, prima di partire. Ma tu fallo.»

«Anche se non è vero?»

Luca alzò il mento, il volto indurito.

«Sì, tanto che importa? Alessio vorrebbe questo. Tu racconta che te l'ho detto io, che a Torino ci sono andato. Digli che hai visto una foto di me con suo zio Umberto.»

Chiara parve colpita dalla sua determinazione.

«Va bene, come vuoi: glielo dirò. Comunque ti salutano tutti.»

«Grazie. Anche Samuele?»

«Sì. Gli ho detto che venivo qui e sarebbe voluto passare anche lui. Voleva ringraziarti.»

«Per cosa?»

«Perché mi hai salvata.»

Luca abbassò la testa, guardandosi le scarpe.

«Se non fosse stato per Mussat, saremmo morti.»

Chiara gli si avvicinò e lo prese per le spalle, scrollandolo appena.

«Non esiste nessun Mussat, nessun uomo del bosco. Non l'abbiamo mai visto, okay? Sono solo vecchie storie del paese. Tu mi hai salvato e basta. Hai salvato me e tuo fratello, hai dato un calcio a Santoro e poi gli hai sparato.»

Era così, questo avevano raccontato, e ormai non potevano tornare indietro. Ma quella storia era un fardello troppo grosso da portare, Luca si sentiva un impostore: adesso che per tutti era un eroe, non voleva esserlo. Non voleva vedere dalla finestra le persone che passeggiavano sino in fondo a via del Sole e poi si fermavano a guardare la loro casa, commentando e indicando. Non voleva sentire il proprio nome nei telegiornali, sforzarsi di sorridere ai poliziotti che venivano a salutarlo e a dirgli che avrebbe dovuto diventare un agente anche lui, da grande. Non voleva ricevere le carezze di suo padre, ogni volta che gli passava accanto:

non ne aveva mai fatte molte quando ce n'era bisogno. Adesso era tardi. Suo padre che gli aveva chiesto della telefonata.

«Dov'era tua mamma, Luca? Dov'era? Devi dirmelo.»

E lui gliel'aveva detto. Gli aveva raccontato tutto.

Non voleva affrontare sua madre, che gli parlava senza mai guardarlo negli occhi, piena di affetto e vergogna e senso di colpa e certo, lo sapeva, anche di rabbia. Sentiva arrivare da lei tutte quelle emozioni come soffi di tramontana.

I proiettili che prima avevano ucciso Alessio e poi Santoro avevano trafitto anche le loro vite, devastandole.

Ora nessuno può più fingere.

Fingere che Santoro non fosse esistito.

Fingere che suo padre non avesse rischiato di morire.

Fingere che i suoi genitori andassero d'accordo.

Fingere che sua madre non avesse un altro uomo, che lei e il papà si amassero ancora e non dovessero divorziare. Divorzio, una parola cui non aveva nemmeno mai voluto pensare.

Fingere di tenere a Marica. Fingere di non amare Chiara.

Quei proiettili avevano ucciso anche le bugie.

«Ehi, a che pensi?» gli chiese lei, dolcemente.

«A tante cose.»

«E a me?»

«Cosa?»

«Ti ho chiesto se pensi a me.»

Per la prima volta in quella settimana, Luca si dimenticò di tutto, tutto quanto.

Adesso c'erano solo gli occhi grandi e scuri di Chiara, i suoi capelli così lisci, i suoi denti così bianchi. Portava ancora gli orecchini della sera in pizzeria che a Luca piacevano tanto, lunghi e colorati, con la pietra a forma di sole. Quando si muovevano, nel silenzio sotto il portico, producevano un tintinnio leggero, delicato.

«Sì, certo che ci penso. Ci penso sempre» ammise lui, e fu come levarsi un macigno gigantesco dal cuore.

«Marica stamattina mi ha raccontato quello che le hai detto.»

Luca non rispose nulla. Che Chiara sapesse, ormai non era un problema. Lui sarebbe partito, sarebbe finita l'estate e iniziata la scuola. Sarebbero tornati entrambi alle loro vite, rette parallele destinate a non incrociarsi.

Chiara fece un passo e gli prese le mani.

Luca aveva immaginato così tanto quel momento che gli pareva d'averlo già vissuto cento volte, eppure restava incredibile lo stesso.

«Sai qual è stata la cosa più grande che hai fatto?»

Lui fece di no con la testa.

«Quando hai preso in braccio tuo fratello che non si voleva muovere più. Voglio dire che tu… tu non lo hai lasciato lì. Saresti rimasto con lui fino alla fine.»

«Non c'era mica scelta.»

«Invece sì, c'era. C'è sempre una scelta. Il problema è fare quella giusta.»

Chiara gli accarezzò il viso ancora senza barba, le sue dita erano morbide. Poi si avvicinò, posò le labbra su quelle di Luca e si baciarono. Sentì che era diverso da quando aveva baciato Marica. Adesso non pensava, non si chiedeva se stava facendo bene, non si preoccupava di essere inesperto. Succedeva e basta. Succedeva e lui percepiva con certezza assoluta che tutto era giusto e che quel bacio sarebbe rimasto lì, piazzato al centro della sua esistenza come una pietra che non si sarebbe mai spostata. Come la croce sulla vetta del monte Coppolo, oltre la quale non si poteva più salire.

Si baciarono una volta, poi due, poi tre, a lungo e a occhi chiusi, fino a perdere il conto dei baci e del tempo, senza accorgersi di Salvatore che veniva a controllare con un sorriso complice.

Si baciarono sapendo che non ci sarebbero stati altri baci, perché Luca partiva e sarebbe ritornato chissà quando, forse da adulto, e avrebbe avuto nuovi amici, nuovi sogni.

Doveva separarsi da Chiara. Non parlarle, non vederla, non baciarla più. Il dolore del distacco già arrivava, Luca lo sentiva montare da un punto lontano del suo cuore. Era come l'onda di un maremoto che si gonfiava e prendeva forza mentre si avvicinava alla riva. Quel dolore avrebbe spazzato via tutti gli altri pensieri, avrebbe travolto Luca, avrebbe cercato di soffocarlo.

Chiara si portò la mano all'orecchio destro.

«Che fai?» le chiese Luca.

Si stava togliendo un orecchino.

«Avevi detto che ti piaceva, no?»

«Sì, ma...»

«Tieni» gli disse lei, porgendoglielo. «Portalo a Genova, per ricordarti di me.»

«Non mi dimentico lo stesso.»

«Ma prendilo» insistette lei e lo poggiò nella mano di Luca, che guardò la pietra a forma di sole. «Lo dovrai guardare a lungo. Devi decidere se il sole sorge o tramonta.»

Luca strinse forte l'orecchino ed ebbe la sensazione che le sue mani lo stessero aspettando da sempre. Come il simbolo di quanto aveva perso e trovato, di chi non era mai stato e ora sentiva di essere. Come fosse la vita, finalmente arrivata.

«Non ho bisogno di guardarlo. È un sole che sorge, lo so.»

38

Veniva buio sempre più presto, ad agosto, anche se faceva ancora caldo. Alle nove della loro ultima sera a Lamon, sembrava quasi notte, eppure Giorgio e Luca erano nel giardino, soli.

Ma non erano soli per davvero: potevano intravedere il tettuccio della macchina dei carabinieri del paese, sulla strada sterrata oltre il cancello. Erano venuti anche loro, alla fine.

Il maresciallo aveva una divisa piena di medaglie, sembrava un generale. Aveva parlato con i giornalisti, nel pomeriggio, prima di mandarli via.

«Volevano incontrarla, ma gli ho detto che non era il caso. Poi decida lei se vuole rilasciare un'intervista» aveva spiegato a Tommaso. L'accento siciliano sembrava quello del professore Franco Scoglio, l'allenatore del Genoa. Anche lui, come Boškov, era famoso per le sue esternazioni memorabili. Come quando aveva dichiarato ai giornalisti che lui non voleva «dire parole *ad minchiam*».

Luca nella testa vide Alessio sorridere, mentre lui gli parlava del Professore.

«Ho messo anche altri due uomini giù, così nessuno può salire dal bosco» aveva annunciato il maresciallo tutto tronfio. Insomma, la famiglia Ferrari era davvero al sicuro, adesso che non serviva più a niente, ora che restava più nessun latitante da catturare.

I carabinieri e i poliziotti rischiano di trovare anche Mussat. Ma se lo arrestano, io lo difendo. Racconto tutto e lo difendo.

Luca si era convinto che l'uomo che li aveva salvati, l'uomo scappato nei boschi tanti anni prima dopo la sparizione del piccolo Antonio, non potesse avere fatto niente di male.

E se invece lo avesse assassinato lui, quel bambino? Se avesse voluto rimediare al passato, salvandoci?

Non lo avrebbe mai saputo. Sperava solo che nessuno lo trovasse mai.

Guardingo come al solito, spuntò il gattaccio maculato che piaceva tanto a Giorgio, saltando dietro a qualche farfalla, balzi altissimi e occhi spiritati nelle tenebre.

Loro gli andarono dietro, per seguirne le evoluzioni. Era incredibile l'agilità che dimostrava, nonostante il corpo pesto dopo anni di battaglie.

Luca si lasciò distrarre, felice di mandare via i pensieri che gli volteggiavano in testa come uccelli cattivi pronti a beccarlo. Avrebbe voluto essere un gatto e acchiapparli con una zampata.

C'era lo shock per quanto avevano passato, il dolore e il senso di colpa per la morte di Alessio.

Se avessi convinto tutti che avevo ragione, si sarebbe salvato.

C'erano i problemi tra i suoi genitori e la fine anticipata dell'estate. Forse avrebbero venduto la casa e dimenticato per sempre Lamon.

C'era Chiara. Lasciarla lo devastava.

E poi, Luca continuava a rivivere nella testa quei momenti, come guardare una videocassetta che non si fermasse mai.

Rivedeva Alessio cadere e Santoro che lo finiva. Il collo dell'uomo che spruzzava sangue. Il corpo del suo amico e quello dell'assassino, tutti e due a terra, immobili, morti.

Da una settimana non dormiva, tormentato dall'ansia.

Appena si appisolava faceva sogni terribili in cui scappava, scappava sempre. E quando si svegliava, ansimava o tremava. Doveva "cambiare aria", come dicevano gli adulti. Adesso che usava le loro espressioni, Luca iniziava a capire cosa nascondevano e gli faceva schifo.

Passeggiarono seguendo il gatto sul limitare del bosco. Il bosco.

Lì tutto era iniziato, lì tutto era finito.

Ma il pericolo non era nel bosco. Il pericolo era fuori.

«Amico...» Giorgio interruppe il suo rimuginare.

«Dimmi.»

«Pensi che andrà tutto bene?»

Una domanda così semplice, eppure così difficile.

Luca tirò un sospiro e fece spallucce per dire che no, non lo sapeva. Stava imparando che la vita non andava quasi mai come volevi, la vita era una pietra che rotolava spinta da quella Forza misteriosa che poteva chiamarsi un giorno sfiga, un altro fortuna, un altro caso. O tutt'e tre insieme.

La Forza se ne fregava di quello che desideravi e dell'impegno che ci mettevi: agiva con la stessa indifferenza delle montagne, ma anche con la brutalità di un assassino venuto da lontano per ucciderti.

La vita era ciò che capitava nello spazio tra i tuoi sogni e l'indifferenza di quella Forza, tra il tuo impegno e i suoi colpi menati alla cieca.

Ecco cosa gli ribolliva dentro: avrebbe voluto trovare il modo di spiegarlo a Giorgio. Ma suo fratello era un bambino di dieci anni che inseguiva un gatto e allora, come un adulto, Luca gli disse solo: «Sì, Gio', tranquillo, andrà tutto bene».

Perché se le cose non si potevano cambiare, forse si potevano aggiustare.

Forse quella Forza la si poteva inseguire, addomesticare, piegare.

Lui aveva desiderato Chiara così tanto che era riuscito a raggiungerla, alla fine, o almeno a sfiorarla. E aveva così tanto voluto salvare suo fratello che un uomo era uscito dal bosco per aiutarli.

Sentirono un rumore, dietro alcuni abeti più bassi.

Il gatto guizzò, scoprendo i denti e soffiando prima di scappare.

D'istinto Giorgio prese la mano del fratello grande, gli occhi fissi sulla foresta buia.

Poi urlò.

«Amico, guarda! È il tasso! È il tasso!»

Anche Luca lo vide: un corpo grassottello e grigio e un lungo muso bianco e nero che ispezionava le radici degli alberi. Emetteva buffi borbottii, mentre raspava tra le foglie, intruso pacifico nelle loro vite.

«Hai visto, amico? Te l'avevo detto! Tu che non ci credevi!» esclamò Giorgio, e forse era tutto lì.

Forse bisognava solo crederci.

Rimasero fermi, sull'orlo del bosco, a guardare il tasso.

Mano nella mano.

Ringraziamenti originali dell'edizione 2016

Queste che scrivo sono le righe più belle, in cui posso dire grazie alle persone che hanno contribuito alla nascita del mio lavoro e l'hanno reso quello che avete appena letto.

A Cristian Bellotto, Patrick Todesco e Marta Poletti, per le loro letture, per i consigli sul dialetto lamonese e le opinioni sulla descrizione del paese in cui sono nati. E per l'amicizia che ci lega, nonostante il tempo e la distanza.

A Cristiano Loi, per il prezioso contributo, gli incitamenti e la fiducia.

A Stefano Facchin, per i suggerimenti e per aver gettato nella mia testa uno dei semi della storia, raccontandomi la leggenda del Salvanel.

A Massimo Arena, straordinario cacciatore di mostri che ha abbattuto alcuni orrendi scivoloni narrativi e cronologici.

Al mio agente Stefano Tettamanti, perché mi ha convinto che questo fosse il libro giusto per continuare: è il nostro primo romanzo insieme, ma sono certo non sarà l'ultimo.

A Severino Cesari e Paolo Repetti, per aver creduto in me la prima volta.

Alla mia editor Rosella Postorino: se il libro che avete letto è decisamente migliore rispetto alla prima stesura, è soprattutto merito suo.

A Roberta Pellegrini che, una volta ancora, ha avuto la pazienza di rimediare alle mie sviste e star dietro a tutte le modifiche.

Ai miei genitori, che mi hanno seguito ovunque, dal primo concorso letterario sino all'ultima presentazione, riuscendo persino a non stufarsi mai. Sempre lì, sempre dalla mia parte con il loro affetto.

A voi, lettori, che avete speso il vostro tempo insieme a me e alle mie parole: scrivere è ciò che amo, ma voi date un senso a questo amore.

Queste pagine non esisterebbero senza l'aiuto di mia moglie, Daniela Quartu: senza la tua instancabile fiducia che io possa scrivere qualcosa di buono, la tua pazienza nel concedermi ogni giorno il tempo che mi serve, la tua capacità di darmi i consigli che mi tolgono dal pantano, non ce l'avrei fatta. Sono un uomo così fortunato ad averti vicino a me.

Questa storia è in ricordo degli amici che hanno reso indimenticabili le mie estati, specie quelli che non ho più incontrato. Soprattutto Daniel, che aveva i capelli biondi ed era forte e gentile, tagliava i colpi a ping-pong e mi ha insegnato a tirare i rigori.

Questo romanzo è per mio fratello Giorgio, per i

milioni di ore passate insieme senza bisogno di nessun altro, perché ci bastavamo noi due. E, tante volte, ancora ci bastiamo. Un giorno saremo ricoperti dalla più grande nevicata della storia, lo so.

Questo libro è dedicato alla memoria di mia nonna Anna Pante, che adesso riposa lì, sotto il monte Coppolo, tra gli alberi, il sole e i fiori. Prima di andarsene ha detto che dovevo pubblicare un romanzo su Lamon.

Eccolo qui, nonna.

Da ultimo, il mio pensiero va al paese di Lamon, nella provincia di Belluno, 600 metri sul livello del mare, terra del fagiolo. Così dice il cartello all'arrivo, ma non rivela che è il posto più bello del mondo.

Se è vero che la casa è dove c'è il cuore, Lamon è la mia casa.

Note dell'autore alla nuova edizione 2021

I libri hanno vite strane.

Nascono da una suggestione, da un pensiero, da un'immagine e così è successo per *Non devi dirlo a nessuno.*

Mi rigirava in mente questa scena: da una mansarda con il soffitto in legno due fratelli guardano verso il bosco, ma dal bosco qualcuno guarda loro.

E non è uno sguardo amichevole.

Sapevo con certezza che i fratelli dovevano abitare a Lamon, il paese dove con mio fratello avevo passato intere estati a inseguire palloni, cuori di ragazzine, leggende su uomini misteriosi.

Iniziai allora a chiedermi chi fosse la figura nel bosco, cosa volesse dai fratelli.

Era un uomo o qualcos'altro?

Propesi per l'uomo.

Poteva essere un criminale politico, un terrorista che viveva in paese, magari un fantomatico indipendentista del Nord. Il problema era che volevo ambientare la storia nel 1989, l'anno in cui io avevo tredici anni, ma nel 1989 il terrorismo politico italiano faceva già parte del passato.

Allora cambiai criminale: sarebbe stato un mafioso venuto da lontano.

Avevo trovato l'uomo nascosto che minacciava Luca e Giorgio, però l'idea di una presenza misteriosa degna del mio amato Stephen King mi affascinava ancora.

"E se duplicassi la minaccia?" mi chiesi. "Se il criminale fosse *fuori* dal bosco ma tra gli alberi si nascondesse qualcos'altro?"

Proprio in quel momento, quasi per caso, il mio amico Stefano Facchin, maestro elementare di Lamon, mi raccontò di una ricerca che aveva fatto fare ai suoi studenti circa la leggenda del Salvanel, una sorta di folletto dei boschi che rapiva bambini, un mito in parte collegato a quello più fascinoso dell'Uomo Selvatico.

Nella mia testa tutti i pezzi andarono a posto, scrissi il libro, firmai il contratto di pubblicazione con Einaudi.

Eppure, editando il romanzo, era chiaro che una cosa ancora non funzionava: il mafioso.

Era una soluzione trita e poco credibile geograficamente, serviva un criminale che venisse da Genova e fosse animato da un odio personale, un assassino con un nome e un cognome.

Andai a cercare degli estratti del "Secolo XIX" del 1989 e trovai notizie di alcune rapine sanguinose a danno dei benzinai: nacque così, Ivan Santoro.

E così arriviamo al 2016, quando *Non devi dirlo a nessuno* da embrione di idea diventa un libro, creatura di pagine e parole. Il romanzo raggiunge le librerie, mi rende lo scrittore più famoso di Lamon (!) e viene adottato da diverse scuole, molte superiori, alcune medie. Mi porta per la prima volta a confrontarmi con lettori adolescenti e mi fa scoprire – non lo avrei mai immaginato – che incontrare i ragazzi mi piace moltissimo.

Non solo, tutti mi dicono che è reciproco, anche i ragazzi si trovano bene con me.

Succede così che il libro viene ristampato, vende tutta la sua tiratura e pare destinato a restare a lungo sugli scaffali delle librerie e sui banchi delle scuole negli anni a venire.

Ma, l'ho detto, i libri hanno vite strane e, a volte, anche imprevedibili: per questioni editoriali che poco interessano al lettore *Non devi dirlo a nessuno* non viene più ristampato.

Sapere che un tuo libro è introvabile ovunque, nemmeno una copia sui mercati dell'usato online, apre una ferita. Le persone ti chiedono "dove si trova il romanzo?", "dove lo posso leggere?", e tu devi rispondere che no, niente, quel libro non si può comprare più.

A quel punto non ne parli nemmeno, perché ti pesa che qualcuno possa cercare il tuo romanzo invano; di fatto è come se non lo avessi mai pubblicato, conservi i ricordi felici e ci pensi con affetto e malinconia.

Non devi dirlo a nessuno è rimasto sepolto per oltre tre anni, sino al giorno in cui Stefania Di Mella, editor di Rizzoli Ragazzi, ha voluto leggerlo e valutare se valesse la pena di resuscitarlo per la sua collana, la stessa in cui ho pubblicato *Abbiamo toccato le stelle* e *Come fiori che rompono l'asfalto.*

Stefania si è innamorata di questa storia e, come una principessa che bacia il libro addormentato, ha deciso di risvegliare *Non devi dirlo a nessuno* dal suo lungo sonno.

Ora, novello Lazzaro, il romanzo è risorto, lo vedete, è vivo e vegeto e ha cambiato pure faccia con una nuova, bellissima copertina.

Visto che io non rileggo mai un mio libro, una volta che è già stato pubblicato, avevo detto a Stefania che mi sarei limitato a sistemare alcune piccole sviste che i lettori mi avevano segnalato negli anni.

Eh sì, è così: puoi essere accuratissimo e pedante con te stesso, nelle revisioni, ma qualche errorino sopravvive sempre. Ma invece, quando da Rizzoli mi hanno mandato il file, non ho resistito: l'ho rivisto per intero e già che c'ero ho fatto qualche altro piccolo intervento, una parola qui, una frase là, con l'aiuto di Valeria Riboli che ha avuto la pazienza di occuparsi con me di questo secondo editing.

Abbiamo dato nuova vita a *Non devi dirlo a nessuno* nella speranza che continui una corsa che si era fermata troppo presto e io sono davvero, davvero felice di riaverlo in libreria.

Sono felice che siate arrivati qui e abbiate potuto leggerlo, sono felice della nuova copertina, sono felice che Luca e Giorgio siano di nuovo insieme, a guardare il loro bosco.

Sono grato a Stefania Di Mella e Rizzoli Ragazzi per avere reso possibile questa resurrezione, quando ormai avevo perso le speranze.

Un grazie anche ad Alessandro Marongiu che ha avuto la pazienza di recuperare riflessioni sul testo vecchie di qualche anno.

Molte cose sono cambiate nella mia vita dal 2016, l'anno in cui pubblicai *Non devi dirlo a nessuno*: sono solo cinque anni, ma sembrano cinquanta. In mezzo ci sono stati successi artistici, momenti felici e delusioni, libri, premi e separazioni e poi un grande, enorme dolore personale che ancora mi accompagna in una lunga lotta per riemergere.

Come per Luca, il mio protagonista, ci sono ferite che non si cancellano e assenze che non possono essere colmate.

Si può solo andare avanti e mentre io cercavo (e cerco) di farlo, Rizzoli Ragazzi mi ha dato fiducia, tempo, sostegno, amicizia, disponibilità, ascolto.

È qualcosa che non dimenticherò.

Alle prossime storie.

Finito di stampare nel mese di settembre 2021
Grafica Veneta S.p.A. – via Malcanton, 2 – Trebaseleghe (PD)

Mondadori Libri S.p.A.